Author
RYOMA
Illustration
黒井ススム
クラス最安値で売られた俺は、実は最強パラメーター 2
I was sold at the lowest price in my class, however my personal parameter is the most powerful
JN014094

「……スペル『インフェルノ』詠唱開始、
スペル『アースクエイク』連結詠唱開始、
スペル『アクアスフィア』連結詠唱開始、
スペル『テスラスパーク』連結詠唱開始――
スペル『マジックブースト』同時詠唱開始――
範囲選択、位置補正、照準準備完了――」

yuta
【勇太】
本作主人公。クラスごと異世界に召喚され、ルーディア値“2”の判定で奴隷になりかけるが、傭兵団を結成し、最強の存在へと成り上がる!
「四元素砲、ヴィクトゥルフ・ノヴァ発動!」

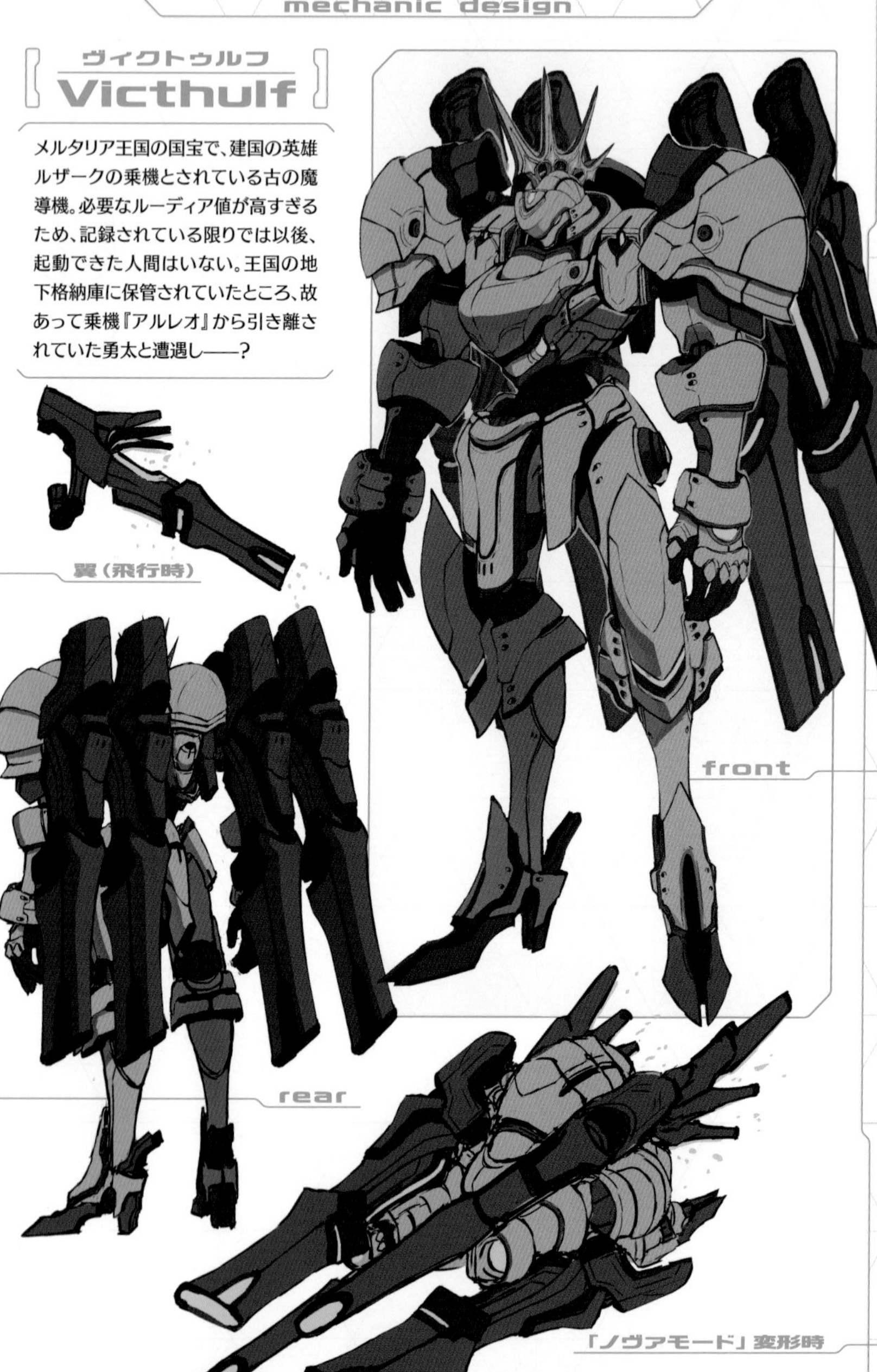
mechanic design
ヴィクトゥルフ
Victhulf
メルタリア王国の国宝で、建国の英雄ルザークの乗機とされている古の魔導機。必要なルーディア値が高すぎるため、記録されている限りでは以後、起動できた人間はいない。王国の地下格納庫に保管されていたところ、故あって乗機『アルレオ』から引き離されていた勇太と遭遇し——？
翼（飛行時）
front
rear
「ノヴァモード」変形時

クラス最安値で売られた俺は、実は最強のパラメーター 2

I was sold
at the lowest price
in my class,
however
my personal parameter is
the most powerful

previous summary

story

ルーディア値“2”と判定され奴隷となった勇太。彼は同じ奴隷の少女ナナミと共に逃亡し、その先の貴族ベルファストの家で娘のファルマと出会い、さらに白い魔導機「アルレオ」を手に入れる。その力でコロシアムで大勝し、仲間を増やして傭兵団「無双鉄騎団」を立ち上げた。

初仕事としてカークス共和国に向かい、チラキアとの戦争に参加。そこで隣国エリシア帝国からの増援に遭遇する。その中には元クラスメイトで憧れの少女・結衣がいたが、お互いそれを知らぬまま交戦する。戦闘後、カークス共和国から撤収した勇太たちは、南の小国家群を新たな目的地に定めるのだった。

フーリジ王国
エリシア帝国
ターミハル
バルミハル
イーミハル
オブリアン大連合
エリシアからの増援
ハバロ
ガスタル
ラーシア王国
チラキア
リュベル王国
勇太、結衣と交戦
※魔導機搭乗のためお互いに正体分からず。
カークス共和国
商業国家アルペカ
ルダワン
アリス大修道院
ヴァルキア帝国
ベルファスト邸
コロシアム
ラドル中立区
ルジャ帝国
オークション場
エモウ王国
東部諸国連合
奴隷商人の屋敷
バラヌカ
アムリア王国
※東部諸国連合の所属国。勇太の幼馴染の渚が王族の近衛として参加。
メルタリア王国
一巻での勇太の動き

一章 優しい巨人

俺たち無双鉄騎団は、傭兵として新しい仕事を求め、大陸の南へと向かっていた。

南に進むほど、気候は暖かく穏やかになっていく。景色も緑が多くなり、豊かな自然が姿を現す。

まだまだ子供のナナミやファルマは外の景色の変化を見て喜んでいる。大人のアリュナは景色を肴にお酒を飲んでいるけど、あの良さは今の俺にはわからなかった。

「ジャン！　ナナミ外に出たい！」

「なんだ？　うまそうな果実でも実ってたか？」

「違うよ！　毎日、ずっとライドキャリアの中で飽きてきたの！」

「確かにそうだな。たまには停めて休みにするか」

長い移動には骨休めも必要だ。ナナミの要望もあり、通りがかりの森の中で休息をとることになった。その森には綺麗な泉があり、それを見つけたナナミとファルマは、はしゃぎながらそこへ遊びに行った。俺はその近くで巨大な樹木を眺めていたのだけど……。

「きゃっ！」

泉の方から悲鳴が聞こえた。あの声はナナミだ。俺は急いでその声の方へと向かった。

見るとナナミとファルマの目の前に、熊のような大きな男が立っていた。俺はその男とナナミたちの間に飛び込んだ。

「やっ、やめろ！」

ちょっと震えながらその男にそう叫ぶ。

「お……おで……ご……ごめん……おどかした……ごめん……」

男はそう悲しそうにそう言ってきた。なんだ。悪い奴じゃないのか？

「えっと、何か用があるのか？」

そう俺が聞くと、男はモジモジと何かを言いたそうにしている。

「言わないとわからないだろ」

強気でそう言うと、意を決したように男は話し始めた。

「ここ……動物たくさん暮らしてる……大きな箱……森の中入った……それで心配になった……おで……動物好き……大きな箱……動物殺さないか心配……」

どうやら俺たちが森の動物を殺さないか心配で見に来たようだ。

「大丈夫、俺たちは動物を殺したりしない」

そう言うと、男は嬉しそうに笑顔になった。

「おで……ロルゴ……」

「そっか、俺は勇太で、そっちはナナミとファルマだ」

「勇太……ナナミ……ファルマ……覚えた……おで……頭悪いけど人の名前だけ覚えれる……人の名前ぐらいは覚えなさいって……母さんに教えられた……」

ロルゴは見た目は熊みたいで怖そうだったが、話せば話すほどいい奴なのが伝わってきた。

「この森の動物たち……前に酷い目にあってる……おで……何もしてやれなかった……だから今日は急いで来た……動物守ろうと……でも……勇太たち良い人……よかった……」

「そうか、ロルゴは優しいんだな」

「優しい……おで……優しいのか？」

「そうだ、ロルゴは優しいよ」

「優しい……へへヘッ……おで……優しいか……」

ロルゴは俺の言葉が嬉しかったのか、ニコニコと優しいという言葉を何度も繰り返した。

「どうしてそんなに嬉しいんだ」

「おで……昔、母さんに言われた……優しい人になれって……おで……優しい人わからなかった……だからどうやってなるかわからなかった……優しい人……おでは……」

そう言いながら笑顔だったロルゴは、今度は涙を流し始めた。

「急にどうしたんだ、何か悲しいことがあったのか」

「母さん思い出した……おでの母さんもういない……おで……母さんに会いたい……」

「私にもお母さんもお父さんもいないよ……」

「ファルマは母さんも父さんもいないのか……おでの父さんも先月死んだ……だから父さんも母さんもいない……ファルマとおで……一緒だ……」

「そっか、でも、私は寂しくないよ。今はナナミも勇太もいるから」

「ファルマには勇太もナナミもいるのか……おでには誰もいない……おで……寂しい……」

「ロルゴ。どうだ、俺と友達になろうか、そうすれば少しは寂しくなくなるだろ」

「本当か！　おで、なんかと友達になってくれるのか！　おで……こんな醜い姿だから……誰も友達になってくれなかった……おで……嬉しい……」

「じゃあ、私とも友達になろ。私もこんなに醜い姿だけど……」

「ファルマ醜くない……おで……ファルマと友達になれる……嬉しい……」

「あっ、ナナミだけ除け者にしないでよ。ナナミとも友達になろう」

「おで……おで……人生で一番嬉しい日だ……友達いっぱいできた……数えきれないほど友達できた……」

そう言うロルゴの笑顔は本当に嬉しそうだった。


「しかしよ。どうでもいいけど、よく食う奴だな」

ジャンが呆れたようにそう言う。実は友達になった記念に、ロルゴを夕食に招待したのだ。

「うめえ！ おで……こんなうめえもの食べたの久しぶりだ」

「そうか、いっぱいあるからもっと食べていいよ」

俺がそう言うとロルゴはニコニコと表情で応えた。

「あっ！ ロルゴ！ それナナミの！」

「ごめん……返す……」

「口に入れたのは返さなくていいよ！」

「じゃあこっちあげる」

「もう……それはファルマのでしょう」

「そか……どうしよう……もうロルゴのない」

「ロルゴ。私のも食べていいよ」

「本当か！　でも……ファルマのなくなる……おで……もっと食いてえけど……ファルマが可哀想」

「ほらよ、追加作ってきたからそんな寂しい顔すんじゃねえよ」

状況を見ていたジャンが追加で調理して持ってきてくれた。なんだかんだ言っても優しい奴なんだよな。

「いっぱい出てきた……ナナミ……ファルマ……一緒に食べよう！」

ロルゴが嬉しそうに二人にそう言う。なんとも微笑ましいその光景に、自然とみんなから笑いが起こった。

「ロルゴ。家は近いのか？」

俺の質問に、ロルゴはモグモグ食べながらこう答えた。

「近い……すぐそこ」

「そっか。じゃあ、後で送っていってあげるよ」

もう暗くなっているので、森を移動するのは危ないだろうとそう提案する。

「ありがとう……そうだ……おでの家……みんな招待する……何もないけど……おで……友達家に呼ぶの夢なんだ」

「じゃあ、送っていった時にお邪魔するよ」

そう言うとロルゴは嬉しそうに笑った。

驚くことに、訪ねたロルゴの家は小さいお城だった。古い石造りで、小高い丘の上に立っている。ちょっと蔦(つた)などが絡まっていて、ところどころ破損している箇所も見受けられる。

「ここがロルゴの家なのか？」

「そう……おでの家……」

「ロルゴ。お前何者なんだ」

「おで……この辺りの領主……先月からだけど……」

そうか。お父さんが先月亡くなったって言ってたから、それで家督を継いだんだ。まさかロルゴがそんな家柄なのには驚きだ。

だが、ロルゴに案内されて城に入ると、凄(すご)い違和感を覚えた。どうも静かすぎる。早くにみんな寝たのかとも思ったがそんなレベルではないように思った。しかも城の中は少し荒れていて片付いてない。

「ロルゴ。この城、誰もいないのか？」

「先月……おでが領主になると……城のみんな、お金とか城にある物持ってどこかへ行った……おで……今はここに一人で住んでる……」

どうやら城の人間たちはロルゴが領主になると、金目の物を持って逃げたようだ。酷い奴らだな。

「なんだよ、それ。お前はそいつらを怒らなかったのか」

ジャンらしい意見だけどロルゴは困ったようにこう答えた。

「頭悪い、おでが悪い……おで……何もできない……父さんの仕事……何もできない……だからみんな怒って出ていった……だから、おで……誰も怒らない……おで……悲しいだけ……」

なんとも嫌な話だな。ロルゴがいい奴なのを知ってしまっただけにちょっと嫌な気分になる。

確かにロルゴの言うように家には何もなかった、それくらい家財やら何やら持っていかれたんだろう。あったのはロルゴが使っているベッドと、古いタンスだけだった。

「ごめん……本当に何もない……もてなし……できない……」

「気にするなって。おもてなしってのは、気持ちが大事だからな。十分ロルゴの気持ちは伝わったよ」

「勇太……おで……」

「そうだ、今日はここに泊めてもらおうよ」

「そうだね、お城で泊まるっていいかも」

ナナミとファルマがそう提案する。確かにもう泊まるくらいしかすることはなさそうだ。

「でも……寝るとこ……そうだ！　おでのベッド使うといい……」

自分のベッドをロルゴが提供しようとするが……。

「いや、その辺の廃材とか借りていいか？　ベッドくらいすぐに俺が用意してやるよ。ナナミ、ファルマ、ライドキャリアからシーツと毛布を持ってこい」

ジャンがそう言うと、ナナミとファルマはライドキャリアへと走っていく。

ジャンって意外に器用だよな。廃材をうまく使って、即席のベッドを用意した。

「ほら、ロルゴ。これでみんなで泊まれるだろ」

ジャンがそう言うと、ロルゴは嬉しそうに笑った。

「ライザもこっちに来ればいいのにね」

ナナミがそう言うように、ライザだけはライドキャリアに残っている。普段から必要がないと俺たちに絡んでこないので、ちょっと心配だ。

「あの子は一人が好きだからね。もう少し仲間意識を持ってくれると嬉しいんだけど」

アリュナもなんだかんだ言っても心配なようだ。

それからみんなでベッドに横になりながらロルゴの話を聞いた。あまり恵まれた話はなかったけど、話をしているロルゴは嬉しそうだった。


普段と違う、あまり快適とは言えない簡易ベッドから起き上がると。寝ぼけ眼で周りを見渡す。すでにナナミとファルマが起きていて、なにやら料理をしている。どうやらみんなの朝食を作っているようだ。

「珍しいな、二人が料理するなんて」

普段、俺たちの食事を作るのはジャンが多い。その珍しい行為に思わずそう聞いていた。

「いいから勇太はお皿を並べてよ。とびっきり、美味しいの作ったんだから」

どうやらナナミの自信作のようで、嬉しそうにそう言ってくる。だけど、いざ食べると……

「からっ！　ちょっと待て、ナナミ！　お前、これ何入れたんだ？」

ナナミたちの料理はとんでもなく辛かった。辛いのが好きなアリュナも顔をしかめるほどで。俺も一口食べて悶絶していた。

「え！　だって、ジャンがいつも使ってる赤い香辛料だよ」

「どれくらい入れたんだ？」

「一袋」

「馬鹿野郎！　あれはな、隠し味にひとつまみだけ入れるようなもんなんだよ！　一袋なんて入れたら辛くなるのは当たり前だろうが！」

「だって、ナナミ……美味しくなると思って……」

「ジャン、ナナミは良かれと思って作ってくれたんだからそんなに怒るなよ」

俺がそう言うと、ジャンもそれはわかっているよといった感じで席を立つ。そして包丁を持ってこう言った。

「ちっ、しかたねえ。俺が作り直してやるよ」

「ごめん、食材無駄にしちゃった」

悲しそうな表情でナナミは俯く。

「無駄じゃない……おで……全部食べる……」

ロルゴはそう宣言して、みんなが手を止めたナナミの料理を全部自分の前に持ってきた。

「ロルゴ。やめときな！　この辛さは尋常じゃないよ」

辛いもの好きのアリュナがそう言うのだから間違いないと思うのだけど、ロルゴはニコニコとするだけで食べるのをやめようとしなかった。

「うん……ちょっと痛いけど……凄く美味えよ……」

そう言いながら食べるロルゴの顔は真っ赤で、汗をだらだら流している。

「ロルゴ。無理しないで」

ナナミが心配になりそう言うが、ロルゴは精一杯の笑顔を作ってこう言う。

「全然大丈夫……無理してない……」

いや、明らかに無理していると思う。でも、これがロルゴの優しさなんだろう。

「ロルゴ。俺にも少しくれよ」

「勇太……大丈夫……おで……全部食える……」

「いいから、食べたくなったんだよ」

そう言って俺はナナミたちの料理を口に運んだ。とんでもない刺激が口の中に広がる。嘘だろ、ロルゴの奴よくそのペースで口に運べるな。

俺の行動が伝染したのか、アリュナも自然とナナミたちの料理を口に運んだ。

「慣れてくればこのくらいの辛さも悪かないね」

そうは言ってもアリュナの額には汗が止めどなく流れていた。ナナミとファルマも責任を感じているのか辛い料理を泣きながら食べる。二人は辛いのが苦手のようで一口で動きが停止する。

「お腹空いた、食べる物ある？」

そう言ってやってきたのは一人ライドキャリアにいたライザであった。

「あるじゃない、美味しそうだね、少し貰(もら)うよ」

「あっ！　ライザ！　それは……」

俺が止めるより先に、ライザはナナミの激辛料理を口に運んだ。

「美味しい！　凄く美味しいね。もっと貰っていい？」

ライザが平然とナナミの激辛料理を食べる姿を俺たちは呆然(ぼうぜん)と見ていた。

朝食を済ませて散歩でも行こうかと考えていたら、城の門が激しく叩(たた)かれた。

「領主さん！　出てきてくれ！」

ロルゴはその呼びかけに応えて外に出た。領民のあまりの剣幕に何があったのか気になったので俺たちも同行する。

「おで……出てきた……何かあったか……」

「何があったかじゃねえよ！　田んぼの水路の整備や、村の井戸の件、話してたろ！　まだ何もしてないってどういうことだよ！」

「おで……どうすればいいかわからなくて……」

「わからないじゃねえだろ！　領主だったら領主らしく仕事しろよ！　俺たちは困ってるんだよ！」

「おで……おで……」

ロルゴは領民の要望に応えたいんだろう。だけど、本当にどうしていいのかわからないんだ。領民たちの言い分もわかるけど、ロルゴの性格をわかっているだけに、彼らの言動に憤りを感じてきた。

「おい、お前たち、それくらいにしておけよ」

ロルゴを責める領民に黙っていられなくなったのか、ジャンがそう彼らに言った。

「なんだよあんた。よそ者は黙っててくれ！」

「いいから、こいつにやってもらいたいことってのを説明しろ。俺たちが代わりにやってやるから」

「あんたらが!? ふんっ、まあやってくれるなら誰でもいいがな……まずは田んぼの水路が、前の大雨で崩れてしまってるのでそれの修復だ。それと村の井戸も壊れてしまって飲み水が確保できなくなってる。早急に対応してくれ」

それを聞いたジャンは、俺たちに向かってこう言った。

「おい、勇太、ナナミ、アリュナ、ファルマ、魔導機を取ってきてくれるか」

「いいけど、何するんだ？」

「聞いてなかったのか、水路と井戸の修復だよ」

まあ、確かに魔導機なら土木作業もできそうだけど、素人ができることなのかな。

魔導機を持ってくると、ジャンが何やら計測している。

「勇太、ここからここまでの間に溝を作ってくれるか。ナナミはあっちの大きな岩を撤去してくれ。アリュナは向こうに見える窪みを平らに均してくれ。ファルマは村の井戸を直すから一緒に来い」

そう指示をされたので、素直にそれに従って作業をした。村の井戸の方もジャンがファルマに細かい指示を出して作業をさせているようだ。

ジャンの言う通りに作業を進めると、なんと、本当に水路と井戸の修理が完了してしまった。

「ジャンって土木の知識もあるのか？」

「いやよ、商人ってのは知識と経験だけが武器だからな、色んなことを勉強だけはしてたんだよ。まあ、まさか土木の知識を実際に使うことがあるとは思ってなかったけどな」

ロルゴは感動レベルで感謝しているようで、ジャンに何度も頭を下げていた。

「おで……なんて言えば……ジャン……すげー……おで……尊敬する……」

とうの領主は凄く感謝しているが、それを願い出た領民にはその結果は響いてないようだった。

「ふんっ、やっと修理してくれたのかよ。本当に使えない領主だな。今度はもっと早く対応してくれよな」

「なんだよ、その言い方！　あんたたち感謝の言葉とかないのか！」

あまりに腹が立ったので俺は思わずそう言ってしまった。

「領主が領民のために動くのは当たり前だ！　感謝して欲しいならもっと早く対応しろってんだ」

そう叫んだ領民に、ジャンの拳が飛んだ。

「人が自分たちのために何かをしてくれるのを当たり前だと思うな！　それがどんな立場でもだ！　他人が自分のために何かをしてくれたら感謝するってことを忘れなきゃ、変に人を恨んだり憎んだりすることもずいぶん減るんだよ！　領主が領民に何かをするのが当たり前だと！　いいか、どこかの領主は領民を奴隷のように働かせ、まともに食うもんも与えない。どんどん餓死していっても、自分だけは毎日豪勢な食事をしてる。そんな領主もいるんだよ！　それに比べてお前たちはどれほど恵まれてんだよ！　こいつがお前たちを奴隷みたいに扱ったのか！　ちょっと不器用なだけだろうが！」

どうしてかジャンのその言葉には強い力を感じた。

領民たちもそれを感じたのかスゴスゴと何も言い返さずに村に戻っていった。

「ジャン……おで……」

「ふんっ。まあ、お前が領主に向いてねえっていうのは俺も思うけどな。悪いことは言わねえ。王に領地を返還することも考えた方がいいぞ」

「返還って、どういう意味だ？」

「返すってことだよ」

「おで……ここ借りてるのか？」

「お前じゃないよ、お前のご先祖さまだな」

「よくわからないけど……おで……領民守るって約束した……」

「守るったってな」

「守る力ある……おで……みんなに見せたい……ちょっと一緒に来て……」

そう言ってロルゴは俺たちを何処(どこ)かへ連れていく。

ロルゴが案内した場所。それは城の地下だった。

「ここ……もう、おでしか入れない……」

そう言いながらロルゴは自分の手を光る石にかざす。

ゴゴゴ……と音を立てて大きな扉が開かれる。そこにあったのは丸みを帯びた淡い青の魔導機だった。

「魔導機！　ロルゴ。これは!?」

「おでの魔導機だ……これで領民を守る……」

「ちょっと待って。これって魔導機『ガネーシャ』だよ、起動ルーディア値1万5000の上位ハイランダー専用機――大陸に数体しかない激レア魔導機が見られるなんて」

ファルマがそう解説してくれた。てっ、待てよ、ということは……。

「ロルゴ、お前ハイランダーなのか!?」

「おで……ハイランダーよくわからない……だけど……父さんはそう言ってた」

その事実はそこにいるみんなを驚かすには十分なサプライズだった。

「ハイランダーだったらもっとシャンとしろ！　領民にもっと言い返さないとダメだぞ！」

「でも……おで……」

「でもじゃない！　よし、俺がちょっと鍛え直してやる。ちょっとついてこい！」

「え……おで……」

ジャンは戸惑うロルゴを連れて外へと向かった。

「あのロルゴがハイランダーとは驚いたね」

アリュナの言葉に、俺は自分の感想を述べた。

「俺はそれよりジャンが意外にお節介だってことに驚いてるけどね」

「確かにそれは私も思ったよ。領民に怒ったあの言葉にも力強さを感じたし、もしかしたら実体験かもね」

「領民を奴隷のように扱ってた領主の話がジャンが経験したことだっていうのか？」

「わからないけど、そうだとすれば納得するね」

まあ、出会う前のジャンの話は聞いたことないので、もしかしたらそうかもしれないと俺も思ってしまった。

ジャンとロルゴのなんともいえない特訓は夜まで続いた。

「よし、ちゃんと言えるじゃねえか」

「おで……やれるような気がしてきた……」

「それじゃあ、もう一度言ってみろ！」

「お……おでは領主だぞ……もっと言い方があるだろ！」

「そうだそうだ、その調子だ！」

ロルゴに自信がつくのは良いことだと思うけど、実際には彼の性格がそう簡単に変わるとも思えないんだよな。

「ジャン、そろそろご飯にしようよ」

空腹を耐えていたナナミの願いにより、特訓とやらはそこで終了となった。ジャンは少し豪勢な食事を用意した。多分だけど、ロルゴとは今日でお別れということを意識してのことだと思う。

「ロルゴ、俺たちは明日には南に向かって旅立つ。だからこうやって一緒に食事をするのは最後になるんだ」

俺がそう言うと、ロルゴはなんとも絶妙な悲しい表情をした。

「おで……また一人か？」

「ごめん……でも、いつまでもここにいるわけにはいかないんだ」

「そうか……仕方ない……寂しいけど……勇太たちにも用事がある……」

一瞬、一緒に来るかとロルゴに言いそうになったが、彼はここの領主だ。流石に無理だよな。

その日も俺たちはロルゴの城に泊まった。明日の朝にはここを発つつもりだ。

俺たちとロルゴは寝るのを惜しんでずっと話をした。やっぱりロルゴはいい奴だ。友達になってよかったと思う。

次の日の朝――

「ロルゴ。元気でね」

「ナナミ……おではいつも元気だ……」

「ロルゴ。ちゃんとご飯食べてね」

「おで……ちゃんと食べるよファルマ……」

「無理するんじゃないよ、何かあったら連絡しな」

「アリュナ……わかったよ、連絡する……」

「領民にガツンと言ってやれよ！　ビクビクしてんじゃねえぞ」

「うん……おで……頑張るよジャン……」

「えっと、まあ、元気で」

「ライザ……おで……ライザとももっと話したかった」

「それじゃ、ロルゴ。どこにいても俺たちは友達だからな」

「うん……勇太とおでは友達だ……」

　ライドキャリアに乗り込み、ロルゴの城を後にする。ロルゴは俺たちが見えなくなるまでずっと手を振り続けていた。

「面白(おもしれ)え奴だったな」

　しみじみとジャンが言うと、ナナミが俺にこんなことを言ってくる。

「ロルゴも無双鉄騎団に誘えば良かったのに」

「そうだな、ハイランダーだし戦力になるだろうしな」

　俺が答えるより先にジャンもそれに賛同する。

「それも考えたけど、ロルゴはあそこの領主だろ、彼には彼の役目があるだろうから」

「役目ったってな……多分、あいつには領主は無理だぞ……」

「俺もそう思うけど、領主をやめてついてこいとは言えないよ」

「まあそうだがな……あいつは俺たちについてこいって言われたらどう思っただろうな……」

確信があるわけじゃないけど、多分、ロルゴは喜んだと思う。そう考えるとやはり誘えば良かったと後悔する。

そんなモヤモヤの残るまま俺たちは南に向かう。なんとも変な雰囲気になっていることもあり、お昼ご飯は軽く外食で済まそうと途中の町の酒場へと入った。

入って、「しまった！」と思うくらいにガラの悪い連中が多い酒場だった。俺たちは変に絡まれないように少し離れた席に座った。

味もイマイチで、これならライドキャリアで何か作って食べた方が良かったと思っていると、少し離れた席から大きな怒鳴り声のような話し声が聞こえてくる。

「お前たちはガボロの奴が誘ってた、隣の領地の略奪の仕事には参加しなかったのか？」

「行きたかったがよ。ちょうど俺の魔導機が故障しててよ。美味しい仕事だってのに残念でしかたねえよ」

「本当に美味しい仕事だよな。領主がバカなせいで家臣も兵もいなくなって、領主たった一人でいる領地なんて荒らし放題じゃねえか」

「それで結局、参加したのはどれくらいになったんだ」

「魔導機三十機くらいだそうだ。あ～あ～、俺も行きたかったぜ」

俺たちは無言で席を立って、その話をしていた男たちに近づいた。

「おい、その話詳しく聞かせろよ」

ジャンがそう男たちに聞いた。

「ああん！　なんだ、てめーら！　喧嘩売ってんのか!?」

そう凄んできた輩たちに、アリュナは容赦なく蹴りをお見舞いする。アリュナって魔導機乗ってなくても強いんだ。

「私らは、今話していた内容を詳しく聞かせろって言っているのよ」

アリュナがナイフを抜いて輩の首元に近づけながらそう聞くと、震えながら男たちの一人が話し始めた。

「ここらへんを縄張りにしている山賊頭のガボロって奴が、領主一人になっている領地があるって情報を持ってきて、その領地を襲うために人を集めてるって話をしてたんだよ」

「その領地ってここから北に行った場所じゃないのか？」

「そ、そうだ！」

やっぱりロルゴの領地のことだ。やばい、ロルゴは領民を守ろうとするはず。でも、彼の性格だと野盗相手にも戦えるかどうか微妙だ。早く助けに行かないと――

「みんな、行こう！」

そう言うと、俺の気持ちをすぐに理解してくれたのか、全員が無言で頷いてくれた。すぐにライドキャリアに戻り、北にあるロルゴの領地へ向かった。

ロルゴの領地に入ると、所々荒らされているのが見えた。すでに野盗たちが略奪を開始しているようだ。

「いたぞ、ロルゴの『ガネーシャ』だ！　もうあんなにボロボロに……」

ロルゴの魔導機『ガネーシャ』は、かなりの数の魔導機に一方的に攻撃されていた。ロルゴは領民を守るために魔導機に乗って戦おうとしたけど、どうしていいかわからないんだ。

「勇太、『アルレオ』、出るぞ！」

「アリュナ、『ベルシーア』も出るよ」

「ナナミ、『ヴァジュラ』も出るね」

「ファルマ、『ガルーダ』も出ます！」

ライドキャリアから飛び出した俺たちは、ロルゴを取り囲んで攻撃している野盗の魔導機に攻撃を開始した。

「なんだ、てめーらは！　俺たちの獲物を横取りに来たのか！」

野盗の魔導機の一体から外部出力音でそう怒鳴り声が聞こえてきた。

「お前らと一緒にするな！　俺たちは友達を助けに来たんだよ！」

俺はダブルスピアで二体の魔導機を粉砕しながら外部出力音でそう言い返した。

野盗の魔導機は、前に戦ったチラキア軍の魔導機よりもさらに弱かった。軽く殴るだけで煙を噴いて止まるほど脆く、動きもぎこちなく遅い。こんな相手にハイランダーの機体がボロボロになるほどやられているのかと思うと、ロルゴがどれだけ長時間一方的に攻撃されていたのかがわかる。

「ロルゴ！　大丈夫か！」

外部出力音で、そう叫びながらロルゴの『ガネーシャ』に近づく。

「ゆ……勇太……おで……みんな守ろうとした……だけど……どうやったらいいか……おで……うっ……」

　魔導機越しにもロルゴが泣いているのがわかった。

「もう大丈夫だから、泣かなくていいって」

　そうロルゴを慰めてる間にも、野盗の魔導機は襲いかかってくる。二体の野盗の魔導機が俺を左右から同時に攻撃してくる。ダブルスピアで右から来た魔導機を貫くと、左の魔導機は『アルレオ』の左肘で顔面を粉砕した。

　さらに奥から一体が剣を振り回しながら走ってきたが、ファルマのアローに貫かれ、倒れる。

　アリュナとナナミは素早く動きながら野盗の魔導機を次々破壊していく。二人が通り過ぎるだけでプシュプシュと野盗は行動不能になっていった。

「ぐっ……何者だテメーら！　これだけの数の魔導機を相手に！」

　数十機いた魔導機も、そう言ったボスらしき奴と残り三機になっていた。

「俺たちは傭兵の無双鉄騎団だ！」

「無双鉄騎団だと……チッ、そんな無名の傭兵団に！」

　やっぱり無名だよな。だけど、こうやって名乗りを上げていれば、少しずつ知名度は上がっていくと思う。

　名乗りを上げながら敵のボスの魔導機の頭部を吹き飛ばし、腕と足を切り刻んで行動不能にした。その間に他の敵機もアリュナたちに片付けられる。

全ての野盗を制圧すると、ロルゴの『ガネーシャ』に近づいた。するとロルゴがハッチを開いて出てきた。

「おで……おで……勇太……おで……」

何かを言いたいのだけど何を言っていいかわからないようだ。代わりに俺はロルゴにこう叫んだ。

「俺たちと一緒に来い！　俺の仲間になれロルゴ！」

「おで……バカでトロくて……勇太たちに迷惑かける……おで……」

「そんなの関係ない！　ロルゴはロルゴだろ！　もう俺の友達だし仲間だよ」

そう俺が言うと、何か吹っ切れたのか、顔を上げたロルゴは興奮しながらこう叫び返した。

「おで……勇太の仲間になる！　おで……領主やめる！」

ロルゴは領主をやめて俺たちの仲間になる選択をした。こうして、ロルゴを無双鉄騎団の仲間に迎えた。


すぐにロルゴの領地の放棄の手続きを進めた。書面とかはジャンが全部整えてくれたのだけど、ジャンって何でもできるよな。

「いいのか、この手紙を出したらお前はここの領主じゃなくなるぞ」

ジャンが最後の確認をする。ロルゴは迷いのない顔で自分の意志を伝えた。

「おで……領主できない……領民にも迷惑……おでは勇太たちの仲間がいい」

その意志を聞くとジャンは頷いた。依頼して来てもらっていた配達人に手紙を渡して、先払いである配達の報酬を支払うと配達人はすぐに王の元へ向かった。

領地の放棄なんてする者は珍しいらしいので王もびっくりするだろうな。

「ロルゴ、ずっと一緒にいられるね」

「ほら、ロルゴの部屋決めないと」

ナナミとファルマに連れられて、ロルゴはライドキャリアへと引っ張られていく。ロルゴの嬉しそうな表情を見ると、無双鉄騎団に誘って良かったと心から思った。

△

ずいぶん長く寝ていたような気がする……ボーっとして近々の記憶が曖昧だ。

「ここはどこ?」

周りを見渡すがそこは見知らぬ部屋だった。自分の寝ているのが医療カプセルなのを考えると怪我の治療をされていたようだけど。

私は医療カプセルから出ると、部屋の外に出ようとした。だけど自分が裸であることに気がついて、衣服がないか部屋を見渡した。

その時、シャーと音がして部屋のドアが開かれる。入ってきたのは若い男だった。裸の私と目が合うと、その男は慌てた様子で自らの視界を閉ざして謝罪してきた。

「ご、ごめん! もう起きてると思わなかったから! こ、これを……」

そう言って私を見ないようにして手渡してきたのは白いシンプルな服だった。私はそれを着ると、男に質問した。

「ここはどこですか？」

「俺たちのライドキャリアの医療室だよ」

「なぜ私がここに？」

「大怪我してたから治療してたんだ。もう治ったようでよかった」

「私を助けてくれたんですね——礼を言います」

「いや、怪我させたのはこちらだしね」

「——ちょっと待って！　怪我させたって!?」

その言葉がきっかけで少しずつ記憶が蘇ってくる。確か私は獣王傭兵団との戦闘で……。

「もしかしてあなた獣王傭兵団の人間！」

私はそう叫びながら何か武器がないか部屋を見渡す。しかし、男は首を横に振って否定した。

「ち、違うって、どうして獣王傭兵団の名前が出てくるんだよ」

「どうしてって、私は獣王傭兵団の魔導機にやられて……」

「俺たちは無双鉄騎団だ。どうしてそんな話になるかな——」

「無双鉄騎団……聞いたことない名前ね」

「傭兵団だよ、自分を倒した相手だぞ、覚えろよ！」

「私があなたたちに……それじゃあの金色の魔導機は!?」

「それは『ヴァジュラ』。俺の仲間の魔導機だよ」

「ふう、わかった。あなたたち無双鉄騎団が私を倒したのは理解したわ。でも、なぜ私がここにいるのかわからないんだけど」

「大怪我していて、すぐに治療しないと危なかったんだよ。だから医療カプセルで――」

「ちょっと待って！　そんな理由で敵（てき）の私を助けたの？」

「敵だろうと関係ないだろ。怪我してるんだから助けるのが普通だ」

どうもこの男の言っていることが理解できない。そうか、私の命を助けてエリシア帝国から身代（みのしろ）金（きん）をせしめるつもりね。

「わかった、身代金が目的ね。それは賢明な判断よ。私はダブルハイランダーだから一億や二億くらい簡単に出してくれると思うわよ」

「俺たちは犯罪者じゃない！　身代金なんていらないよ。別に拘束するつもりもないし、もう怪我も治ったようだから、いつ出ていってもいいよ」

何を言っているの、この男？　何も利益を得ることを考えずに敵を助けたっていうの？　あり得ない。そんな傭兵がいるわけ、ないわ。もっと何かほかの理由があるはず。

「それよりお腹空いてない？　ここを出ていくにしても飯くらい食っていけば？」

敵からの食事の誘いを警戒しながらも、私のお腹は正直な反応をした。ここでエネルギーの補給するのは母国に帰るための重要な行為と自分を納得させ、食事の提供を受け入れた。

「カークス共和国は滅亡したの！」

食事を取りながら私が医療カプセルに入ってからの話を聞いていた。

「そう、エリシアから、なんだっけ？　大陸最強ライダーのなんたらってのがやってきてサクッと滅亡させたようだよ」

「まさかユウトさんが……どうしてそうなったの？　いくらなんでも属国の戦争にユウトさんが出てくるなんてあり得ないんだけど」

「そんなの知らねえよ。俺たちはあんたを助けた後すぐにカークスとの契約を解除して国外に出たからな」

最初に会った男より年上の、変なとんがり頭の男はソーセージを頬張りながら無関心にそう言う。

「まあ、それはエリシアに帰ったらわかることでしょうけど。それより、あなたたち、敵と食事をしているのにすごく自然体ですね。警戒とかしないのですか？」

子供もいるからか、なんともアットホームな雰囲気に思わずそう聞いていた。

「敵と言ってもカークスと契約していた間の話だろ。今はそのカークスも存在しないし、別に敵ってこともないんじゃないかな」

「まあ、傭兵特有のドライな感覚なのかもしれないですけど、この中の誰かに私が倒された事実はなくならないのよ。その人物に対して私が恨みを持ってるとか思わないの？」

そう私が言うと、なぜか一人の少女に皆の視線が集まる。視線を受けた少女は席を立つと私の方へと歩みを進める。

「ご、ごめんなさい。ナナミも必死だったから……」

頭を下げながら少女は私に謝罪してきた。

「嘘でしょ!? もしかしてあなたがあの金色の魔導機のライダー！」

ナナミと名乗った少女は小さく頷く。衝撃だった。あの強敵の魔導機のライダーがこんな少女だなんて……。

戦争で倒し、倒されるのは当たり前。それに対して職業軍人である私が個人的な恨みを持つことなんてあり得ない。だけど、こんな少女にやられたなんて……私はなんとも言えない初めての感情に揺れていた。

「わ、私と、もう一度勝負して！」

思わずそう言っていた。

「え、ナナミと勝負？」

「そうよ、別に殺し合いをしようってわけじゃないわ。模擬戦でいいから私と戦って！」

「おいおい、何、勝手なこと言ってるんだ？ そんな一ゴルドにもならない勝負なんて受けるわけねえぞ」

とんがり頭の男が話に割って入ってくる。確かにそんな勝負を受ける理由なんてないと思うけど、私の感情は止まらない。

「わかりました。勝負するだけで五十万ゴルド、私に勝ったらさらに五十万ゴルド支払います」

「よし！ ナナミ、いっちょ揉んでやれ」

「ええ〜！　やだよ……」

とんがり頭は乗ってきたが、ナナミは難色を示している。さらにお金を上乗せしても彼女の気持ちは変わらないように見えた。

「どうして私と戦いたくないのですか」

「だってお姉さん強いもん。それに顔も知ってるから戦いにくいよ」

見知っている相手とは戦えないとは、傭兵といってもまだ子供ね。

「これは模擬戦ですよ。訓練で仲間同士で戦ったりしないのですか？」

「それはするけど……だけどお姉さん、魔導機ないよね？　どうやって戦うの？」

確かにその通りだ。魔導機がないと模擬戦もなにもない。

「お願いします。誰かの魔導機をお貸しください」

私がそう願い出ると、すぐに赤髪の女性がこう宣言してきた。

「私の『ベルシーア』は貸さないよ」

さらに獣人化している少女もオドオドと拒否する。

「私の『ガルーダ』もダメ。誰にも乗って欲しくない」

確かに傭兵にとって魔導機は大事な商売道具だ。貸し借りなんてしないのは重々承知しているけど……。

「俺の『アルレオ』だったら貸してもいいけど、乗れるかな？」

「貸してくれるんですか！」

「いや、いいけど多分乗れないよ」

「私はダブルハイランダーです。ほとんどの魔導機に乗ることができますから大丈夫です！」

「でもね、俺の『アルレオ』は……」

「よし！　勇太がいいって言うなら貸してやろう。だけど乗れても乗れなくても貸出代として五十万ゴルド貰うぞ、それでいいか！」

勇太と言われた黒髪の男の言葉を遮り、とんがり頭が魔導機の貸し出しを了承した。

「いいでしょう。五十万ゴルドお支払いします！」

「それに乗れなかった場合はお前の負けってことになるけど、それでもいいか」

「もちろんです！　その場合は私の敗北で構いません！」

「いや、だから、『アルレオ』は……」

勇太はまだ何か言いたそうだが、とんがり頭の男はどんどん話を進めていった。

「よし！　じゃあ、早速格納庫へ行くぞ！　ナナミ、お前も用意しろ！」

「ええ～　やだな」

貸し出された機体はチルニで見た白い魔導機だった。いい動きをしていたのを覚えている。これなら戦える。

私はハッチを開いて白い魔導機に乗り込んだ。そしてすぐに操作球に手を置いて魔導機を起動しようとした……。

「嘘でしょ……」

魔導機は全く反応をしない。

「お～い。どうした、早く起動しろよ～」

外からとんがり頭の声が聞こえてくる。どうして動かないの!?　まさかこれはトリプルハイランダー専用機？　やられた！　あのとんがり頭、私にはこの機体を動かせないと知っていてあんな条件を言ってきたのね。

「ちょっと、あなた！　私を嵌めたわね！」

ハッチを開いてそう怒鳴った。

「嵌めただって？　何言ってるんだよ」

「この機体はトリプルハイランダー専用機でしょ！　それを知っててあんな条件を……」

「おいおい。『アルレオ』のライダーの勇太はトリプルハイランダーじゃないぞ」

「はあ？　そんなわけないでしょ！」

「じゃあ本人にルーディア値を聞いてみろよ」

「……あなたのルーディア値って？」

そう聞くと、勇太はあっけらかんとこう答えた。

「俺のルーディア値は『2』だよ」

「…………ふざけているの？」

「いや、誰も信じないけど本当なんだって！」

ルーディア値が一桁なんて人間が存在することすら信じられないが、その一桁が乗りこなしている魔導機を、この私が起動することもできないってどういうことなのよ。

「さて、勝負は終わりだな。勝負代五十万ゴルド、勝利報酬で五十万ゴルド、『アルレオ』貸出代五十万ゴルドで計百五十万ゴルドになるな。耳を揃えて払ってもらうぞ」

とんがり頭がニタニタと嫌な笑みを浮かべてそう言った。

「払えばいいんでしょ、払えば！　近くの町に寄ってください。ラドルバンクでお金を下ろしますから」

お金の支払いのためとなれば行動が早い。すぐに近くの町へと向かい、ラドルバンクの支店の前へと送ってくれた。

ラドルバンクに入ると、出金の手続きをするためカードを受付に渡した。エリシアまでの旅費もついでに下ろそうと考え、二百万ゴルドの出金を受付に伝える。

「申し訳ございませんがこちらのカードは無効になっております」

「え！　無効って、どうしてですか！」

「契約者様がお亡くなりになって口座が凍結されています。あなた、こちらのカードをどこで手に入れたんですか？」

受付は不審な目で私を見てくる。お亡くなりになったたって。

「あらら、どうやらあんた、母国で死んだことになってるみたいだな」

とんがり頭の男がそう言うが、多分その予想は間違ってないかもしれない。どうしよう、こんな大陸の南にはエリシアの施設もないし……百五十万の支払いどころかエリシアへの帰還も難しくなってしまった。

☆

　コロシアムの試合で、山倉くん、芝居くん、原西くんの三人を助け出すことができた。その前に助けることができた、咲良さん、奈美さんを含めると、五人の生徒をこの世界の不条理な社会から救い出せた。どんなことがあっても、私はこの子たちを守っていく。そう決意していた。

　山倉くんたちの情報で、コロシアムでは少し前まで、あの勇太くんも剣闘士として戦っていたと聞いた。奴隷になったと聞いて心配していたけど、今は剣闘士として無謀な戦いを強いられていると聞いて絶望する。

「勇太くんを救いたいわ。彼が今どこにいるかわかりますか？」

「今は剣闘士じゃなくて、傭兵になったとか聞きましたけど詳しくは俺たちも知りません」

「そう……なんとか見つけて保護しないと彼が可哀想だわ」

「勇太が可哀想？　南先生。あいつはとんだイカサマ師になってうまくやってますよ。ルーディア値2のくせに強い振りしやがって！　とんだ詐欺師野郎だぜ！」

「山倉くん。だからこそ心配なのよ。人を騙して生きるのにも限界があるでしょう。ルーディア値2なんて数値でこの世界で生き残るのは難しいわ。だからこそ私が助けないといけないの」

　山倉くんたち三人は私の言葉に納得はしていないようだけど、どうにか理解してもらった。

私はそれから必死に勇太くんの情報を集めた。コロシアムの関係者から傭兵団を結成してカークス共和国という国へと向かったとの情報を得た。すぐにそれを追いかけるために準備をする。

今まで稼いだお金で全員分の魔導機と、移動用のライドキャリアを購入した。最悪、力に頼っても勇太くんを救い出すつもりだ。


カークス共和国は戦争中だった。しかも大国、エリシア帝国からの軍が国土を蹂躙(じゅうりん)していて、大混乱に陥っていた。カークス軍は崩壊寸前で、かなり危険な状況であった。

「南先生。この国は危険だ。俺たちも巻き込まれて殺されてしまいますよ！」

「わかってます。あまり長居をするつもりはありません。ですから勇太くんを早く見つけて救い出しましょう」

「ですがカークスに味方していた傭兵団はほとんど壊滅したみたいですよ。勇太なんてもう死んだんじゃないですか？」

「そうだとしても、それを確認するまで逃げ出すわけにはいかないわ」

カークス国内で、地球人の所属する傭兵団の情報を集めた。そして獣王傭兵団という名の傭兵団の情報を得た。獣王傭兵団のほとんどはエリシア軍との戦闘で倒されたそうだが、生き残りがカークス西部の森に潜伏しているとの噂(うわさ)を聞いた。

私たちでも知り得た情報である。エリシア軍もその情報は周知のようで、捜索部隊が噂の森を調べていた。

「そこのライドキャリア。エリシア軍だ！　停止しろ！」

森を捜索しているとエリシア軍の部隊から捕捉される。もちろんそれは想定内である。言われるままにライドキャリアを停止させる。

「所属と、この辺りをうろついている目的を言え！」

「私たちは傭兵団【スリーズ・スター】。カークスの残党を捉えればお金になると聞いて捜索中ですわ」

適当な傭兵団を名乗り、ちょっと軽い口調でそう伝える。

「ふんっ。卑しい何でも屋か。まあ、いい。確かに捜索に人手は多い方がいい。見つけたら報奨金が出るから頑張るがいい」

欲深い人間は、欲深い人間をある意味で疑わない。お金に執着していると思わせれば安心して納得する。


しばらく森を捜索したいたが、それらしい形跡を見つけることもできなかった。しかし、エリシア軍が私たちの代わりに見つけてくれたようだ。森の奥から魔導機同士の戦闘音が響いてきた。

「どうやらエリシア軍が先に見つけてくれたようね。全員、魔導機に搭乗して戦闘準備よ」

戦闘するのは最後の手段だけど、勇太くんを助けるためならエリシア軍と戦う覚悟はあった。

森の奥では、五機のエリシア軍の魔導機と、獣王傭兵団だと思われる二機の魔導機が戦闘していた。

「先ほどの傭兵団の魔導機か。悪いが俺たちの方が先に見つけたようだな。助力はいらぬ。黙ってそこで見ておけ」

　エリシア軍は獲物を横取りに来たと思ったのか、そう忠告してきた。

「あら残念、おこぼれにもあずかれそうにないのね」

　疑われないように話を合わす。私たちの本当の狙いは勇太くんの救出である。

　だけど、まずは本当に勇太くんなのか確認しないと……私は外部出力音で獣王傭兵団の魔導機に向けて大きな声で歌を歌った。

「波城山(つくばさん)の頂に、昇る朝日は学びの印。岸根川(きしねがわ)の流れの如(ごと)く——」

　途中で歌を止める。勇太くんなら続きを歌えるはず——少しの間をおいて、歌の続きは歌われた。

「清く正しい心で明日へと向かえ」

　間違いない！　今の歌は私たちの学校の校歌だ。私たち以外にこれが歌えるわけがない。

「勇太くんを助けるわよ！　全員、エリシア軍の魔導機に攻撃準備！　通信で援軍を呼ばれたら厄介ですから迅速に実行します！」

「しっ、しかし、南先生！」

「いいから言う通りにしなさい！　コックピットを狙って確実に殺しなさい！」

　こちらは六機、相手は五機と数で勝っている。不意を突けば負けることはない。それぞれ攻撃する敵機を割り当てて、一斉に攻撃を開始した。

　私と、山倉くん、芝居くん、原西くんの狙った敵機は、コックピットを貫き、悲鳴もあげる間も

なく倒すことができた。しかし、咲良さん、奈美さんの二人はコックピットへの攻撃を躊躇したのか、倒しきれていなかった。このままでは仲間に連絡される。私は急いで生き残った敵機に近づき、剣を突き刺した。

「咲良さん！　奈美さん！　私は殺しなさいと言ったはずよ！　躊躇していてはこちらがやられてしまうわ！」

「ご、ごめんなさい……」

幸い、通信で仲間を呼ばれてはいないようだけど、ここに長居するのは得策ではない。早く撤収しないと。

「勇太くん。担任の南です。あなたを助けに来ました」

そう声をかけたが、魔導機からは意外な返事が返ってきた。

「南先生！　南先生ですか！　俺は勇太じゃないです。堀部直志です」

「堀部くん!?　堀部くんなの？」

「そっちは今村明音です」

堀部くんはもう一機の魔導機を見てそう言う。

「南先生！　ほんとうに南先生なんですか！」

「明音さん！　良かった二人とも無事だったのね」

まさか勇太くんを捜しに来て、別の教え子に出会えるなんて……一番心配な勇太くんに出会えなかったのは残念だけど、二人を助けられたのは幸運であった。

二章 雷帝

ライドキャリアのリビングで、どんより落ち込んだ女性が一人。ナナミにやられて大怪我したエリシアの上級ライダーがジャンの口車に乗って、何とも理不尽な借金ができて困り果てていた。さらに彼女の口座は名義人死亡で凍結、一文なしで国にも帰ることができないらしい。

「どうすんだ姉ちゃん。払うもんは払ってもらわないとな」

ジャンが商売人の顔でそう彼女に語りかける。

「わかってます、ちゃんと支払います。ですが今はお金がないから払えません。どうでしょうか、私をエリシアまで送ってくださったら、百五十万にプラスしてお支払いしますけど」

「ダメダメ。俺たちはこれから南に行くからな、逆方向だ」

「それじゃ、どうすれば……」

「そうだな、金がないなら体で払ってもらうかな」

「な、なんですって！　わ、私にそんな卑猥(ひわい)な真似(まね)をしろと言うんですか！」

流石にその提案は酷いと思い、俺も文句を言った。

「ジャン！　ちょっとそれは酷いぞ！　もう少し違う解決方法を考えろよ」

「なにを勘違いしてんだよ、お前たち。俺は働いて返せって言ってるんだよ」

あっ、なんだ、そういう意味か。

「働けって。傭兵の仕事を手伝えってことですか？」

「そうだよ。お前さんどうせ魔導機乗ることくらいしかできねえだろ」

どうやら図星のようで、彼女は反論しなかった。

「わかりました。その提案お受けしましょう」

「じゃあ、契約内容だけど、一日の基本給が一万ゴルド。そこから食費や部屋代、それにこっちで魔導機を用意するから、そのレンタル代を引いた額を返済に充てていって――借金がなくなったら契約終了って感じでいいか」

「い、一日一万ゴルドって安くないですか⁉」

「おいおい、お前は一般的な庶民の一日の日給を知らねえのか？　凄く高給取りの高ルーディア値の奴でも一日千ゴルドも稼げば良い方だぞ」

「そ、そうなんですか⁉　確かに庶民の給金なんて知りませんけど……」

「ちなみに姉ちゃんはエリシアからいくら貰ってたんだ」

「私は月に三百万ゴルドが基本給で、そこから戦争など実務があるとボーナスが出る感じです」

「日給十万か、すげーな。しかし！　ここはエリシアじゃねえし、自分の立場を考えたら俺の言った条件が悪くないってことは理解できると思うけど、どうだ！」

ジャンの力のある言葉に彼女は納得したようで、その条件を受け入れた。

しかし、この提案にもジャンの罠が仕組まれていた。

「一日で返済できるのって実質五百ゴルドなのか！」

彼女が一旦部屋に戻ったタイミングで、ジャンはそう教えてくれる。

「そうだ。ダブルハイランダー用の魔導機は高いからな、購入して、使わなくなったら売ると考えても一日のレンタル代は九千ゴルドは取らねえとな。それと食費と部屋代が五百ゴルドで、合計九千五百ゴルド、一万から引くと五百ゴルドって計算だ」

「うわ、五百ゴルドで百五十万の返済ってなると……」

「三千日はかかる」

「いや、それは流石に可哀想じゃないかな……」

「馬鹿野郎！　ダブルハイランダーだぞ！　そんな人材なかなか手に入らねえって！　これも何かの縁だ。長く無双鉄騎団で働いてもらおうじゃないか」

確かにそうだけど人としてどうかと思うぞ。

まあ、何はともあれ、無双鉄騎団に新しい仲間を迎えることになった。その日は彼女の歓迎会を催すことになり、いつもより少し豪華な食事が用意された。

「エミナです、しばらくこちらで働くことになりました。よろしくお願いします」

そのしばらくが、かなり長期になることを彼女はまだ知らない。

「俺は勇太、よろしく」

これからのことを考えると気の毒で仕方ない。そんな気持ちが表情に出てしまっているのか、ぎこちなくなってしまった笑みで俺がそう自己紹介すると、みんなもそれに続いた。

「俺はジャンだ。こき使うから覚悟しろよ」

「おで……ロルゴ……飯がいっぱいで嬉しぃ……」

「ナナミだよ。エミナは強いから心強いよ」

「私は、ファルマ。よろしく」

「私はアリュナ。どうでもいいけど勇太にはちょっかい出しちゃダメだからね」

「ども、私はライザ、よろしく」

一通り紹介が終わると、エミナはこう聞いてきた。

「勇太とアリュナは、その、深い関係ってことなのですか？　私、男女関係に疎くて、一応確認なんですけど」

「その認識であってるよ。私と勇太はそんな深い関係だから邪魔したら許さないからね」

「違うよ、アリュナは勇太の所有物なだけ」

「所有者と所有物の関係って、かなり深い関係って言えるでしょ」

「ナナミと勇太の関係の方が深いもん！」

「どんな関係よ」

「一緒にお風呂入ったことあるよ」

「え！　ちょっとどういうことよ、それ！　ナナミ！　説明しなさい！」

アリュナとナナミのそのやり取りを聞いていたエミナが、真顔で俺にこう言ってきた。

「あなたは女性を所有物にして、さらに少女とお風呂に入るような人なんですか？」

「なっ！　いや、間違いではないけど……」

「私、あなたとは距離をとらせてもらいます」

うわ、さらっと軽蔑されたのか俺……。

翌日、新しく無双鉄騎団に加入したエミナのために、ダブルハイランダー用の魔導機を購入することになり大きな都市へとやってきた。

「これくらい大きな都市ならダブルハイランダーの機体も手に入るだろ」

「どうかね、ハイランダーの機体ならあるだろうけど、ダブルハイランダーとなると一般的な需要がないからね」

「裏の商人なら取り扱ってんだよ。魔導機は金持ちのコレクターもいるからな、乗れる、乗れないじゃなく売れるんだよ」

「なるほどね。確かにうちにも一人、魔導機コレクター候補がいるくらいだからね」

確かにファルマには十分その素質はありそうだ。

何人かの商人をあたって、ようやくダブルハイランダー専用機を扱っている人物にたどり着いた。

「ダブルハイランダー専用魔導機なら取り扱ってるよ。奥にあるから見ていきな」

奥に行くと五体ほどの魔導機が格納されていた。

「その機体と奥のがダブルハイランダー専用機だ。どちらも最高品質の品だから値は張るけどおすすめだぜ」

「よし、エミナ。お前が乗るんだから自分で選べよ」

「えっ、いいのですか？」

「しかし！　値段が高くなればなるほど機体のレンタル代は高くなるから、返済を考えたら安い機体をおすすめするぞ。なんだったらダブルハイランダー専用の機体じゃなくてもいいし、自分で決めな」

「確かにレンタル代が高くなるのは理解します。でも、やはり自分の力を最大限に引き出せる機体を選びたいですね」

あっ、ジャンの奴、エミナにこうやって自分で選択させて魔導機のレンタル代が高いのを文句言わせないようにする気だな。抜かりない奴だな……。

「試乗してもいいですか」

エミナが商人にそう言うと、商人は本気で驚いていた。

「あんた、ダブルハイランダーなのか！　まあ、構わないが、あまり激しい動作はしないでくれよ」

エミナはダブルハイランダー専用機の二体を試乗して、細身でひ弱そうな緑の機体を選択した。

「この機体が気に入りました。見た目よりパワーがありますし、機動力が抜群ですね」

「なかなか見る目があるじゃないか、こいつは魔導機『アルテミス』、起動ルーディア値2万1000、最大出力200万、装甲Bランク、機動力SSランクの機動力特化型魔導機だ。能力だけでも高性能だが、こいつにはステルス能力が備わっていて、無音、保護色によって敵に見つかりにくいように行動することが可能だ」

「なかなかすげー能力だな。それだと、さぞかし値段の方もすげーんだろうな」

ジャンがわざとらしい感じで商人にそう聞いた。

「いや、確かに性能はいいが、需要はあまりない機体だからな。二億ってとこだな」

「二億ね……その値段じゃ買い手がつかなくてずいぶん長くこの倉庫に置かれてたんじゃないか？」

ジャンの指摘は図星だったようで、商人の表情が露骨に変わる。

「い、いや、確かに売れ残りではあるが、性能を見れば掘り出し物なのはわかるだろ？」

「魔導機は保管するだけでもコストがかかるからな。何年も売れ残ってるんじゃ相当な額になってんじゃねえか？　そろそろ売らないと採算取れなくなって、叩き売るハメになりそうだよな」

どうやら商人としての器はジャンの方が上のようで、取引は終始ジャン主導で行われた。結果、二億の値段は半額の一億にまで下がった。

「よし、買った！　すぐに持ち帰るから会計してくれ。エミナ、そのまま乗ってライドキャリアまで運んでくれるか」

こうして、ダブルハイランダー専用機を破格の一億で購入することができた。

目的の買い物は終わったが、ライザが魔導機の部品などを購入したいと言い出したので、俺たちは魔導機の市場へとやってきていた。

「マガナイトを十ブロックとテクタイトを十五ブロック、あとはナノチューブとエレメンタルロープを三ダース」

「へい、毎度。全部で三千二百万ゴルドになります」

店主がそう言うと、注文したライザが後ろにいるジャンに涼しい顔でこう言った。

「ジャン、払って」

「おいおい、ライザ。そんなに必要なのか？」

「必要だから買ったの。早く払いなさいよ」

「たく、ほら、三千二百万だ」

あのジャンが値切りもしないで簡単に支払ったのが不思議に思ったので聞いてみると。

「素材なんかは相場が決まってるから、値切るもんじゃねえよ」

なるほど、そういうもんなんだ。

「あれって最新のボウガンランチャーじゃない」

とある武器屋の前で、エミナが興奮したようにライザにそう話しかけた。

「高威力で連射できる自動装填式の最新の兵器ね。あの大きさでアロー並みの威力があるらしいわよ」

「欲しい！　私の『アルテミス』にあれを装備して」

「私はいいけど、ジャン、どうする？　五千万くらいするわよ、あれ」

「武器に五千万だと！　チッ、いいだろ。だけどレンタル代が高くなるからな、覚悟しろよ」

いや、これはエミナを借金漬けにしたいジャンにとっては好都合だろ。嫌々了承した感じだが、笑みが見え隠れしている。これでいよいよエミナは国に帰れなくなるぞ。

全ての買い物が終わり、そのままライドキャリアに戻ってもよかったのだが、ジャンがどうしても行きたいところがあると言ってみんなでそこへやってきていた。

「ここだ、ここ！　いや、一度来てみたかったんだよな」

そこはかなり大きな施設で、看板に大きく『ゆ』と書かれていた。

「オエドスパね。最近、各国で支店を増やしてる娯楽施設だってのは知ってるけど、何するとこなの？」

アリュナがそう聞くと、ジャンが嬉しそうに説明し始めた。

「オエドスパは、何十種類もの風呂、何種類ものマッサージ、世界各国の美味が堪能できる屋台などがあるとこでよ。なんでもサウナってのが最高にハードで極上の癒しだって噂なんだよ」

そのジャンの説明を聞いて、俺は日本にある馴染みの娯楽施設を思い出した。

「あっ、ここは健康ランドか」

「さすが地球人、わかってるじゃねえか。確かオエドスパのオーナーも地球出身だって話だからな」

健康ランドならサウナ好きの親に連れられ、何度も来ているので馴染みはある。確かにちょっとリフレッシュするにはいいかもしれない。

「えっ！　ここって混浴なのか！」

オエドスパの中に入り、男女が同じ風呂に入ると聞いて驚いていた。ちょっと恥ずかしいんだけど……。

「なんだよ、地球では男女別なのか？」

「そうだよ、混浴の健康ランドはあまり聞かない」

「へんっ、そりゃつまんねえな」

俺も男の子である。混浴ということでアリュナやエミナの裸を想像して赤面する。

しかし、実際中に入ってみると。

「なんだ、水着着て入るんだ」

確かに混浴ではあったが、水着着用で入る風呂であった。

「なんだよ、裸だとでも思ったのか？　知らねえ男女が裸で風呂に入るなんてあり得ねえだろう」

「いや、確かにそうだけど……」

「あら勇太、私の裸が見たかったの？　言えばいつでも見せてあげるのに」

「ナナミも見せてあげるよ」

別に見たいわけじゃ……いや、見たいには見たいが、そういう意味じゃないんだよな。

獣人化していて肌を見せたくないファルマは、一人で休憩室で本を読んでいるが、他のメンバーは各々何十種類もある風呂を堪能していた。ナナミが大きな浴槽で泳いでいるのは日本人としてちょっと気になるが、この世界では別にマナー違反ってことはないらしく当たり前のように受け入れられている。

そして俺は泡がブクブクと湧き出しているマッサージ風呂で体をリフレッシュさせていたのだけど。

「ちょっと、あなた！　私が今からそのお風呂に入りますから出てちょうだい！」

いきなり訳わからない声をかけられた。見ると金髪で長い髪のスタイル抜群の女性が、仁王立ちでこちらを見下ろしていた。

「いや、入れるスペースあるだろ。どうして俺が出なきゃいけないんだよ」

一人用ではないマッサージ風呂には十分なスペースがあり、俺が出なくても余裕で入れるからそう反論した。

「知らない異性と同じお風呂に入るなんて汚らわしいですわ！　そんなことも想像できないのですかあなたは！」

「いやいや、そもそも俺が先に入ってるだろ！　一緒に入るのが嫌なら出るまで待ってろよ」

「私、待つのが嫌いですの」

なんて、わがままな女だよ。

「とにかく俺はまだ出ないからな」

「そうですか、では実力行使に出させてもらいます、アーサー！」

そう誰かを呼ぶと、同性の俺が驚くほどの銀髪美形で長身の男性がサッとやってきた。

「リンネカルロ様！　どうかいたしましたか！」

「この男が風呂を譲ろうとしません。叩き出しなさい！」

「はっ！　かしこまりました！」

そう言うと美形の男は俺に摑みかかり、力尽くで風呂から引きずり出そうとした。

「ちょっ！　ちょっとやめろよ！」

俺の抵抗する声を聞いて、アリュナが駆けつけてきた。

「私の勇太に何してるんだい！」

そう言って美形の男性の顔面に容赦ない蹴りを入れた。

「ぐはっ！」

「ちょっと！　何するのよ、あなた！　アーサーが唯一、他者に誇ることができるその整った顔を蹴りつけるなんて！　この顔が歪んだりしたら、アーサーには本当に何も良いところがなくなるのよ！　そうなったらあなたどう責任とるつもりですか！」

「知らないわよ、私の勇太に悪さするのが悪い！」

「誰の勇太か知りませんけど、私の堪忍袋の緒も切れましたわ。こうなれば決闘です！　私たちと勝負しなさい！」

「決闘ね、いいけど、武器は何にするんだい」

「武器なんて野蛮な物は使いません！　比べるのは己の精神と忍耐力です！」

「ほほう、面白い。具体的にはどんな勝負方法なんだい」

「アレです！」

そう言ってリンネカルロ様が指差したのはサウナルームであった。

「アリュナ、サウナは初めてだよな」

「確かに初めてだけど、暑いだけでしょ？　夏場でも結構平気な方だから余裕だよ」

「いや、夏の暑さとはレベルが違うぞ。かなりキツイから覚悟しないと」

「まあ、だとしてもあの根性のないお嬢様には勝てると思うわよ」

確かにそれは言えてる。すぐに音をあげて出ていきそうだ。

「ルールは簡単ですわ。二対二のデスマッチで、同時にサウナの中に入り最後まで残っていた者のチームが勝利。負けた方が勝った方の言うことをなんでも聞くってことでいいですわね」

「負けたら裸踊りでもさせるから覚悟しな」

「ふっ、それはこちらのセリフですわ。負けたら究極土下座をしてもらいますから」

究極土下座がどんなものか想像できないけど、これは負けるわけにはいかないと気を引き締めた。

俺とアリュナとリンネカルロ様とアーサーは、スタートの合図と同時にサウナの中に入った。中に入った瞬間、強烈な熱気が体中を包み込む。

「アリュナ、下の方が温度が低いから一番下の場所に行こう」

「わかったわ」

小声でそう話をして、俺たちは一番下の席に座った。リンネカルロたちはそれを知らないのか、一番上の席へと移動した。


「ふふふっ……そんな下に座って。根っからの下民は行動にも現れますわね」

そう強気な発言をしていたのだけど、五分もすれば余裕の表情は消え去り、汗をダラダラ流しながらハァ〜ハァ〜と息が荒くなっていた。

「ふっ、限界ですわ。後は頼みましたよアーサー！　あなたは絶対に最後まで残るんですわよ！」

「わ、わかりました、お任せください！」

そう言ってリンネカルロはサウナから飛び出していった。予想通りお嬢様はすぐに脱落したけど、お供の色男のことはあまり考えていなかったな。

フーフーと凄い形相で暑さに耐えているアーサー。色男が台なしである。

「ど……どうしたアーサー、もう限界じゃないのか」

「な……馴れ馴れしく呼ぶな、下民が！」

「じゃあどう呼べばいいんだ？」

「アーサーさんとかアーサー殿とかあるだろ！」

「じゃあ、アーサーアーサー」

「なぜ二回言うのだ！」

「それより顔が真っ赤で今にも倒れそうだけど平気なのかアーサー」

「ふっ、平気だと言えば嘘になる……限界と本音を言えば弱音と取られるだろう……しかし！　俺は主命により、お前たちより先にここから出るわけにはいかないのだよ！」

そう叫んだ瞬間、アーサーは崩れるようにその場で気を失った。もちろんアーサーはドクターストップ。そのままサウナから出されてサウナ我慢戦は俺たちの勝利となった。

「くっ、これで勝ったとは思わないことね！」

「いや、現実に勝っただろ」

「さ、三本勝負よ！　まだ一回戦を負けただけですわ！」

なんとも負けず嫌いというかなんというか……。

「じゃあ、二回戦は何するんだ」

「ふっ、息止め勝負よ！　お風呂の中に潜って、一番長く潜っていられた者の勝利よ！」

もう面倒臭いのでハイハイと勝負を受けた。

「勇太……息止めか……おで……得意……」

近くで話を聞いていたのかロルゴがそう言ってきた、俺は特に得意でもなんでもないので俺の代わりにロルゴに勝負を任せた。

結果、リンネカルロ様は二十秒ほどでギブアップの為体ぶり。アーサーは二分と頑張ったがプカプカと気絶して浮いてきてドクターストップとなり終了。一方、ロルゴは得意と言っていただけはあり、五分以上も平気で潜っていた。

「ま、まだですわ！　三回戦目で勝負をつけましょう！」

「二本先取で勝負ありだろ！　三回戦目なんてする必要ないだろ！」

「三回戦目はポイントが三倍ですのよ！　ですからこれに勝った方が勝利ですわ！」

「なんだよ、ポイントって！」

「いいから三回戦です！」

本当に面倒臭い……何を言っても無駄なようなので三回戦目とやらを受けてやることにした。

「あのさ、さっきからあんたダメダメだろ。一番得意なことで勝負した方がいいんじゃないか？」

俺は親切にそう言ってやった。得意なことで負ければ流石にこの傲慢お嬢様でも敗北を認めるしかないだろう。

「一番得意なこと？　私の一番得意なことで勝負しろとあなたはおっしゃるんですか？」

「そうだよ、その方が手っ取り早いだろ」

「フフフフッ――あなた、その言葉後悔しますわよ。私の一番得意なことでは勝負するまでもなく結果は決まってますから。せっかく平和的で勝ち目のある勝負で戦ってあげたのに……」

「いいから言ってみろよ、なんでも受けてやるから」

世間知らずのお嬢様には何をやっても勝てる気がしたのでそう言ったのだが、リンネカルロの得意なことは予想していないものであった。

「私が一番得意なのは魔導機ですわ。三回戦の勝負は魔導機勝負よ！」

リンネカルロと魔導機勝負をすることになったのはいいのだが、他のみんながオエドスパを堪能していないのでまだ出たくないと言い出した。まあ、俺もまだここにいたいと思ったのでお嬢様には魔導機勝負は明日にしてくれと言った。

「いいですわ。だけど貴方(あなた)たちが逃げ出さないように私たちも一緒に行動させてもらいます」

という話になり、風呂上がりに一杯やろうということで訪れた世界各国の料理とお酒が堪能できる屋台エリアでの飲食になぜか同席していた。

「それよりよ、勇太。当たり前のように俺の注文した料理を貪り食ってるこいつら誰だよ」

ジャンが同席するリンネカルロとアーサーを見て真っ当な疑問を言う。

「彼女らと明日、魔導機勝負することになったんだよ。それまで俺たちが逃げ出さないように同行するんだって」

「魔導機勝負だ!?　たくっ、なに一ゴルドにもならねえ勝負してんだよ」

呆れたようにジャンが嘆いている。

「それより明日の魔導機勝負のルールはどうするんだい？　私たちは別にどんなルールでも構わないけど」

アリュナがそう話しかけると、お嬢様とは思えないような勢いでガツガツと食事をしながらリンネカルロが答える。

「あら、たいした自信ですわね。どんなルールでも勝てるとでも思ってるのかしら」

「どんなルールでも勝てる自信はある。だからあんたの得意な戦いで相手になってあげるよ」

「フフフッ……どんなルールでも勝つ自信があるのはこちらの方ですわ。貴方たち全員ライダーですか？　あれでしたら私一人で貴方たち全員を相手しても良くってよ」

「ふふん、それは大きく出たね。だけど大勢で一人をいたぶるのは趣味じゃない。そちらは二人のようだし普通に二対二の勝負でいいでしょう」

「後悔しますわよ。後で全員で戦えば良かったってならなければいいですけどね」

リンネカルロはかなり自信があるようだけど、こちらにはトリプルハイランダーのナナミもいるし、ダブルハイランダーが二人もいる。負ける要素はないと思うけど、彼女の自信がどうも気になっていた。

「リンネカルロ様、このような下賤な者と本当に対等な試合をなさるつもりですか？　いくらなんでもお遊びが過ぎますよ。勝負になるわけがない」

アーサーがリンネカルロ様を窘めるようにそう助言するけど、勝負にならないとは聞き捨てならないな。しかし、リンネカルロの名前を聞いた瞬間、一気にアリュナたちの反応が変わった。

「ちょっと待ちな！　あ、あんた雷帝リンネカルロか？」

アリュナが心底驚きながら声を荒らげた。

「あら、私の名を知っているのですわね。ならば誰に無謀な勝負を挑んだかおわかりでしょう」

「え？　どうしたんだ？　リンネカルロって有名人なのか？」

俺が間抜けな調子でジャンに聞くと、ジャンは額に汗を流しながらボソッと一言だけ呟いた。

「天下十二傑の一人だよ。嘘だろ……」

「てんかじゅうにけつ？」

「私の母国エリシアのユウトさんや最強傭兵の剣聖ヴェフトなどが名を連ねる天下の英傑ライダー十二人の総称です」

よほど有名なようで、すぐにエミナがそう説明してくれた。

「どうしますか、今なら貴方たち全員相手に変更してあげてもよろしくてよ」

余裕の表情でそう言う彼女に、俺は平然とこう言い返していた。

「いや、いいよそのままで。二対二で戦おう」

それを聞いたリンネカルロが驚いた表情でこう言った。

「貴方話を聞いていたのですか？　私は天下十二傑の一人、雷帝リンネカルロですよ」

「別にリンネカルロが強いとか有名とか関係ないよ。大勢で一人をいたぶる勝負なんてしたくないだけだ。戦うなら互角の条件でやろう！」

「面白い男ですね。気に入りました。名を聞いてあげましょう」

「俺は勇太だよ」

「勇太。その名、覚えましたわよ」

「リンネカルロ様。そんな下民の名など覚えなくても……」

「アーサー。貴方は黙っていなさい！」


その後、散々飲み食いしたリンネカルロとアーサーは逃げないように同行するとか言ってたのに一度自分たちのライドキャリアに戻ると言って帰っていった。

「あっ！　あいつら俺らにここの飯代、奢らせやがったな！」

「それじゃ明日、待ってますわ——って捨て台詞言いながら堂々と帰ったから気がつかなかったわね」

「まあ、明日会うからいいんじゃない？　その時請求すれば？」

「戦いにこっちが負けたらうやむやにされそうだな。勇太！　お前、明日絶対勝てよな！」

「ええ!?　俺が戦うの決定か？」

「残念だけど、リンネカルロに勝てる可能性があるとすれば勇太だけよ。だから私も勇太が戦った方がいいと思う」

その話を聞いていたエミナが驚いてこう聞いてきた。

「ちょっと待って、無双鉄騎団で一番強いのはナナミじゃないの？」

「ナナミより、勇太の方が強いよ。アリュナにも勝ってるし、多分この中で一番強いのは勇太だよ」

確かに模擬戦でもナナミには勝ってるけど本気で戦ったらどうなるかわからないけどな。

「ルーディア値2の勇太が一番強いって……ますます訳がわからなくなってきたわ」

「馬鹿な奴だな、勇太のルーディア値の2なんて誰も信じちゃいねえよ」

「そうね、間違いなく最低でもトリプルハイランダー並みのルーディア値があると私も思っているよ」

ジャンとアリュナは俺のルーディア値をまだ疑っているようだ。

「本当なら明日にでも勇太のルーディア値を再度計測しに行こうと思ってたのに変な勝負受けやがってからに」

ジャンの予定では明日は俺のルーディア値の計測日だったようだ。まあ、興味がないからどうでもいいけど。


リンネカルロとの勝負の場所は、都市から少し離れた渓谷であった。ここなら多少激しく戦っても迷惑にはならないだろう。

「あら、逃げないでちゃんと来るなんて感心しますわね」

「当たり前だ！　昨日の飲食代、払ってもらうからな！」

ジャンにとっては飲食代の方が重要なようだ。

「フフフッ……いいですわ、私に勝ったら払って差し上げますわ」

余裕の表情でそう言うリンネカルロを見て、アリュナがボソッと指摘する。

「あれは確信犯ね。今日の勝負で勝って、昨日の飲食代はうやむやにするつもりよ」

飲食代を払う払わないの話になっているのは気になるが、勝負は勝負、真剣にいこう。

二対二の戦い、相手はリンネカルロとアーサー。こちらは俺とナナミが出ることになった。

リンネカルロとアーサーが魔導機で現れると、ファルマが感動の声をあげた。

「魔導機『セントール』だ！　そして魔導機『オーディン』！　激レアの魔導機を同時に二体も見られるなんて、私幸せ♪」

アーサーの魔導機は少し変わった見た目をしていた。下半身が四足歩行の馬のような形状で、ファンタジーゲームに出てくる空想上の種族のケンタウルスに似ている。武器は中世の騎士が持つような長く太い槍。確かランスって言ったかな。それを右手に持って、左手には小さな盾を装備している。

リンネカルロの魔導機は黒と黄色のカラーリングのしっかりとした体形で、動きはあまり早そうに見えないが、力強そうなイメージはある。しかし、武器は長い棒の先端に大きな宝石が装飾されている杖のような物で、どのように使うのか想像ができない。

「どういたしますか、二対二で同時に戦うか、それとも一対一で順番で戦うのか」

「ごちゃごちゃするのは嫌なので、一対一で順番に戦おう」

「わかりましたわ。それではこちらからは最初にアーサーを出しましょう」

「ナナミ、最初に行くか？」

「うん、ナナミに任せて」

ということで初戦はナナミとアーサーの一騎討ちとなった。

「よし、それじゃ、俺が審判をしてやるよ。合図を出したら戦闘開始だからな」

ジャンがライドキャリアの外部出力音でそう声をかけてくる。

少し距離をあけてナナミの『ヴァジュラ』とアーサーの『セントール』が睨み合う。しばしの沈黙の後に、ジャンの開始のかけ声が響いた。

「試合開始！」

最初に動いたのはアーサーの『セントール』だった。ナナミの『ヴァジュラ』に向かって突進していく——驚きなのはそのスピードだった。やはり馬のような見た目なのは伊達ではなく、一気にナナミに接近する。

想像より早い突進に、ナナミも盾で防ぐのが精一杯だった。『セントール』のランスと、ナナミのシールドが激しくぶつかり、突進してきた力が加わったランスの凄まじい威力にナナミの『ヴァジュラ』は後ろに吹き飛ばされた。

「きゃ～！」

「ナナミ！」

「ナナミ、気をつけて！　『セントール』の突進力は、トリプルハイランダーの機体にも致命傷を与えられるくらいの威力があるよ！」

ファルマが大きな声でそう教えてくれる。

「あら、アーサーの『セントール』の突進を初見で防ぐなんて予想よりやりますわね。もしかしてトリプルハイランダーくらいの力はあるのかしら」

魔導機の外部出力音で、リンネカルロはそう話しかけてきた。

『ヴァジュラ』が立ち上がる前に、『セントール』はもう一度距離を取るためにぐるりと回って間合いをあける。そして一定の距離になると、一気に加速して『ヴァジュラ』に向かって二度目の突進を実行した。

だが、天性のセンスだろうか、ナナミに二度も同じ攻撃は通用しなかった。紙一重でランスの突進を避けると、回転しながら剣で『セントール』の足の一本を切り飛ばす——

「なっ！」

前足の一本を切り飛ばされた『セントール』は、バランスを崩して前のめりにぶっ倒れた。

「よく『セントール』の弱点が足だってわかりましたわね。足を一本失っただけで、もう『セントール』は突進することはできませんもの」

なんとか立ち上がった『セントール』だったが、フラフラとバランスを取るのがやっとの状態だ。

そんな『セントール』に近づいた『ヴァジュラ』は、残った前足を切り落とした。

『セントール』は両方の足を失い、立ち上がることもできなくなった。戦闘できそうにもないので、そこで試合は終了となる。

「勝負ありだ！　ナナミの勝ちだな」

ジャンがそう宣言して一回戦目が終了した。

「なんてザマですか、アーサー！　そんなことで私の騎士になれるとでも思っているのですか」

「も、申し訳ありませんリンネカルロさま」

「まあ、いいですわ。最初から私一人で戦うつもりでしたし、問題ありません」

今の戦いを見ても、リンネカルロの声から不安とか動揺している感じはなかった。トリプルハイランダーのナナミ相手にも動揺すらしないのは不気味にすら感じていた。

アーサーとナナミの戦いが終わり、引き続きナナミとリンネカルロが戦うことになった。

「すぐに終わらせますわ、さっさと始めましょう」

「すぐに終わらせるって……ナナミ、そこそこ、強いよ！」

「わかっていますわ。貴方は十分に強いですし、敬意を払ってもいいくらいです。ですけど、世の中には多少の強さではどうしようもできない存在があるってことを教えて差し上げますわ」

さっきの戦いと同じようにナナミとリンネカルロが少し間合いをあけて睨み合う。そしてジャンが戦闘開始のかけ声をあげた。

「試合開始！」

さっきと違って、ナナミは開始の合図と同時に動き出した。盾を前面に構えてリンネカルロの攻撃に備えつつ、前に進んでいく。

「ナナミ！　気をつけて！　リンネカルロの『オーディン』には正体不明の遠距離攻撃があるって噂よ！」

アリュナがそうアドバイスを送る。正体不明ってなんだろ？　そう思っていたのだけど、それをすぐに目の当たりにすることになった。『オーディン』が持っている杖をナナミの『ヴァジュラ』

に向けたと思った瞬間、強烈な閃光が走った。そしてナナミの構えていたシールドが吹き飛ぶ。シールドを持っていた腕もボロボロになり、あの『ヴァジュラ』が一撃で大ダメージを受けていた。

「くっ……何も見えなかったよ」

ナナミは戸惑いながらも、勝負を諦めていなかった。体勢を低くして、懐に潜り込むようにリンネカルロの『オーディン』に接近する。何かの閃光がナナミを襲うが、それを紙一重で避ける。そして『ヴァジュラ』と『オーディン』は接近した。あの距離は『ヴァジュラ』の攻撃範囲内だ。ナナミは剣で『オーディン』の頭部を貫こうとした。

ガシッ！　剣を持つ『ヴァジュラ』の右腕を『オーディン』は摑んでいた。

「ここまで接近されたのは久しぶりですわ。やはり貴方は十分に強いです。自慢してよろしくてよ」

リンネカルロがそう言った瞬間、眩しい閃光が煌めき、見ると『ヴァジュラ』の頭部が吹き飛んでいた。そのまま『ヴァジュラ』はゆっくりと膝をつくように崩れ落ちる。

「しょ、勝負ありだ。勝者はリンネカルロ！」

「あぁぁぁ〜！　なんて壊し方してくれてるのよ！　修理大変だって！」

ライザがそうぼやいているけど、それより試合結果に驚いている。あのトリプルハイランダーのナナミがここまで一方的に負けるなんて……。

「さて、次は勇太、あなたの番ですわね。私に名を覚えさせたくらいですから少しは楽しませてくださいよ」

よし、やってやろうじゃないか。どこまでやれるかわからないけど、全力でいってやる！

「勇太、『オーディン』のあの攻撃をどうやって防ぐつもり？」

アリュナがそう聞いてくるけど、どうしたらいいか俺にもわからなかった。しかし、ふと見るとナナミの『ヴァジュラ』が装備していたシールドが目に入る。

シールドは吹き飛ばされたけど、見るとシールド自体は破損してないな。だったらシールドをしっかり握ればあの攻撃を防げるんじゃないか。

「ナナミ、『ヴァジュラ』のシールドと剣を借りていいか？」

丁度、『ヴァジュラ』から出てきたナナミにそう願い出た。

「うん、いいよ。ナナミの敵討ちよろしくね」

「任せとけ」

ナナミに軽く返事をすると、俺は『ヴァジュラ』のシールドと剣を装備した。

「さあ、どれくらいの時間、もつかしらね」

「いや、俺は勝つつもりだよ」

「凄いですわね。私に勝ったりしたら、あなたは天下十二傑になり得る強さってことになるわよ」

「どう凄いかピンとこないんだよな。天下十二傑って言葉も昨日聞いたばっかりだし」

「その無知は自慢にはなりませんわよ。なら、今から嫌と言うほど天下十二傑の力を味わうといいですわ」

そう言いながらリンネカルロは自然と距離をあける。やはり接近戦はそれほど得意ではないのかな。

「よし、それでは最終戦だ。これで勝った方が勝利だからな、文句言うなよ」

ジャンがそう念を押す。

「試合開始！」

開始の合図とともに、『オーディン』の遠距離攻撃に備えて俺はすぐにシールドを構えた。

一瞬、見えるはずのないリンネカルロの顔が見えた。その表情は不敵な笑みを浮かべていた。

俺はシールドを構えてリンネカルロの出方を待った。『オーディン』が持つ杖がこちらに向けられる。俺はシールドを持つ手に力を入れて攻撃に備えた。ナナミとの戦闘の時に思ったのだが、『オーディン』の攻撃は一度使うと次に放つまでに少しのタイムラグあるように感じた。最初の攻撃を防いだら接近してこちらのペースに持ち込もう。

ズゴォーン！　ナナミとの戦闘で聞いた謎の放出音が鳴り響く――瞬間、シールドを持つ手に強烈な衝撃が走る。

「くっ！」

かなりの衝撃だったが、なんとか防いだようだ。俺は次の一撃が来る前に接近しようと走り出そうとした。

「あらあら、連続攻撃ができないとでも思ったのかしら。残念ですわね、思惑が外れて」

リンネカルロの言葉に反応して、俺はとっさにもう一度シールドを構え直した。瞬間、さっきとは比べ物にならないような強烈な衝撃が『アルレオ』を襲う。

「ぐはっ！」

信じられないことに構えていたシールドが木っ端微塵に吹き飛んだ。『オーディン』を見ると、手に持つ杖はまだこちらの方向を向いている。やばいと感じ、とっさに右方向に転がるように前転して回避行動をとった。

ドゴッ！　バリバリバリと雷が落ちたような音が響いて、俺のいた場所の地面が抉れる。かなり威力のある攻撃に、直撃を受けたら丈夫な『アルレオ』でもどうなるか予想ができない。

攻撃を防ぐシールドもないので、もうひたすら攻撃を避けるしかない。『オーディン』の杖の方向を見て、攻撃を予想した。

すると、どういうことか杖は下を向いていた。今なら接近することができそうだ。俺は今がチャンスと走り出した。

しかし、やはりと言うか当然と言うか、それは罠だったようだ。いきなり周りにバチバチと静電気のような音が鳴り響き始めると、バリバリバリと雷の落ちるような音がして、『アルレオ』に衝撃が走る。

「ぐっ！」

なんだよ、今の！　周り全体に雷が落ちたような攻撃は！

「本当に凄いですわね、テンペストを耐えるなんて。でも、広範囲を攻撃するテンペストを避けることは不可能ですわ。何発で動けなくなるか楽しみですわ」

範囲攻撃だって？　そんなの反則だろ！

さっきと同じようにパチパチと周りに静電気が発生するような音が聞こえてくる。範囲攻撃というのは嘘じゃないようだ。よく見ると周り全体に小さな稲光が見える。そしてバリバリバリと雷が落ちたような音が響いて衝撃が走った。

くっ……ダメだ！　このままだとやられる！　どうすればいいんだ。

「勇太！　ルーディア集中を忘れてるよ！」

アリュナの声にハッとする。そうだった。最近は強敵と戦う機会もなかったので忘れていた。ルーディア集中すれば、魔導機の全ての能力が向上する。防御力も上がるのでもしかしたらリンネカルロの攻撃を防げるかもしれない。

「ちょっと嘘でしょう！　ルーディア集中もしないでテンペストを耐えたの!?」

アリュナの言葉に、リンネカルロが少なからず驚いていた。そして杖をこちらに向けてこう叫ぶ。

「今更ルーディア集中なんてさせませんわ！」

避けるのも間に合わない。そう思った俺は左手を前に出してリンネカルロの攻撃を手で受けた——バシュッと破裂するような音とバリバリと強い電気が放電する音が重なり、『アルレオ』の左手が吹き飛んだ。

「勇太！」

左手を失い、絶体絶命のこの状況。だけど今の一撃で俺の中で何か変化が起こった。緊張の糸が切れたというか、妙なリラックス状態に突入して、その状態は俺を一気に集中モードへと導く。

「『アルレオ』の周りに青白いオーラが見える！」

「勇太がルーディア集中に入ったようだね」

エミナの言葉にアリュナが答えた。

「な、なんですのその青白いオーラは！」

リンネカルロは初めて見る光景に驚いているようだ。

俺はゆっくりとリンネカルロに近づいていく。

「くっ、妙な小細工で私を惑わそうとしても無駄ですわ！」

そう言って杖をこちらに向けて攻撃を放った。俺はそれを紙一重で避ける。次々来る攻撃を避け続けるとリンネカルロは杖を下に向けた。あれは範囲攻撃の構えだ。

「テンペストは避けることはできないでしょう！」

確かに避けるのは不可能だと思ったが、避ける必要がないと感じていた。

バチバチバチと静電気の音が周りに表れる。そしてバリバリバリと雷の落ちるような音が響いた。

しかし、雷撃は『アルレオ』の青白いオーラに触れると、ジリジリと音を出して弾き返された。

「まさか！　テンペストの雷撃を弾き返すなんて！」

範囲攻撃なだけあって、テンペストの攻撃力は分散されて弱い。だから今のルーディア集中状態の『アルレオ』には通用しないようだ。

「でしたらトリプル・ライトニングで！」

そう言ってリンネカルロは杖をこちらに向けてきた。俺は魔光弾を構える。そしてリンネカルロが雷撃を放った瞬間に、それを放った。

魔光弾の閃光は、迫りくる雷撃を蹴散らし、そのまま『オーディン』の右肩を吹き飛ばした。

「きゃっ！」

リンネカルロの意外に可愛い声に一瞬気を取られた。だけど、この隙を逃さないように気持ちを切り替える。バランスを崩して動きが止まった『オーディン』に接近して、剣を振り、その頭部を切り飛ばした。

「そこまでだ、勝負あり！　勇太の勝ちだ」

ジャンが『オーディン』が行動不能になったのを見てそう宣言した。

「もう！　『ヴァジュラ』だけじゃなく、『アルレオ』もあんな壊し方して！　仕事増やさないでよ！」

ライザが心底嫌そうにそう言ってくる。

「さすが私の惚れた男だよ、本当にあの雷帝を倒すなんてね」

アリュナがそう褒めてくれた。

「ちょっと、あなた本当に何者！　相手はあの天下十二傑よ！　それに最後のあの攻撃はなんなのよ、意味不明なんだけど！」

エミナはユサユサと俺を揺らしながらそう聞いてくるけど、どう説明したらいいかわからないので黙って揺らされるしかない。

魔導機から降りたリンネカルロがこちらに近づいてきた。さすがに負けて落ち込んでいるかと思ったのだけど。

「この私相手に引き分けるとはなかなかやるじゃない」

「え！　引き分けって!?　俺の勝ちだろ？」

「何言ってますの、試合途中でまだ私は戦えるのに、あなたの仲間がなぜか勝手に試合を中止しただけでしょう。そんなの無効ですわ無効！　ですからこの戦いは引き分けということです」

「そうだ、そもそも審判が当事者の仲間なんておかしいだろこの下民どもが！」

アーサーもリンネカルロの意見に賛同する。そんなの先に言えよな。

「しかし！　この私に引き分けなんて凄いことです。その結果を評しまして、私があなたたちを雇って差し上げますわ」

「雇うって？」

「あなたたち傭兵でしょ？　ですから私が傭兵として登用してあげると言っているのです」

「ちょっと待て！　勝手に決めるなよ。そもそも俺たちを雇う金なんて持ってるのかよ」

飲食代も踏み倒そうとする人間が、傭兵を雇うなんて矛盾していると思ったのかジャンがそう指摘する。

「フフフッ……私が雷帝リンネカルロとは別の顔があるのをご存知ないようですわね」

リンネカルロが自分の素性を話す前に、アリュナが先に説明を始めた。

「雷帝リンネカルロ。フルネームはリンネカルロ・ダデンバーグ。メルタリア王国の第三王女にして、メルタリア軍、魔導機部隊司令官。隣国ドゥラキア帝国との戦争で撃破した敵魔導機は数百とも言われ、隣国からは破壊神として恐れられている。同じ女性ライダーとして、少しは知っているわよ」

「あら、博学ですこと。しかし、それは最新の情報ではありませんわよ。私はすでに魔導機部隊司令官ではありません」

「司令官でもないのに俺たちを雇うのかよ」

「第三王女個人として雇うのです。一応、王族ですからあなたたちに支払うお金くらいはありますわよ」

「ふんっ、そうか。しかし、俺たちは普通の傭兵より高くつくぜ」

多分カークスで儲け損ねたので、ジャンはリンネカルロに吹っかけているようだ。

「あなたたちの実力は見せてもらいました。高額な報酬が必要なのは理解しますわ。三ヶ月の期間契約で三億、この値段でいかがかしら」

「ふんっ、悪かねえが、それじゃまだ俺たちの心は動かねえな」

「それでは五億支払いましょう。この額で文句は言わせませんよ」

「チッ、なかなか交渉上手だな、お姫さんよ。一発で提示金額をドンと上げて、交渉する隙を与えないなんてよ。どうする勇太、金額的には悪かねえと思うけど」

金額が妥当であるなら断る理由はないな。

「そうだな、悪くない話だと思う、引き受けよう」

依頼主を探す手間が省けたので結果良しとしよう。

「しかしよ、お姫さんよ、王族のあんたが飲食代をケチケチするなんてどういう了見だよ」

ジャンの質問には、アーサーが興奮気味にこう説明した。

「我々はもともと傭兵を探しに都市までやってきたが、持ってきた資金をリンネカルロ様がギャンブルで全部使い果たしただけだ！　だから資金に困っているとか、没落したとかは一切ない！」

いや、あまり自慢できる理由でもないと思うのだが……。

「ちゃんと国に帰ればお金はあるから安心しなさい。飲食代も払って差し上げますわ」

それに対して、エミナが疑問を口にした。

「それより私は、あれだけ強いリンネカルロ王女が傭兵を個人として必要としている理由が気になります」

確かにあれだけ強いなら個人で傭兵なんて雇う必要ないと思うけど。

「それは後で詳しくお話ししますわ。こんな場所でペラペラ喋(しゃべ)る内容ではございませんので」

何をするのか、どんな理由があるのかわからないけど、こうして無双鉄騎団の次の仕事が決まった。

◆

エモウ王国の王都ルルアブル。私たちはエモウ王国との同盟締結のためにこの国を訪れていた。

「渚(なぎさ)、あなたも一緒に付いてきて」

なぜかラネルがエモウ王との会談に、私も一緒に来るように言ってきた。どういう意図かわからないけど、それを了承した。

「ワシは本当に行かなくていいのか？」

「最初は私がエモウ王と話をするから、お父さんはドムナで待ってて」

「しかしな、ラネル。王であるワシが行かないと交渉にならないじゃないか」

「いきなりお父さんが訪ねて、エモウ王の機嫌を損ねたらどうするのよ。ここは私が行って地固めしてくるから、それから本格的な交渉をお父さんがすればいいでしょ」

「うむ……そうか、だったらそうしてもらおうかな」

少し腑に落ちない感じではあるが、娘のラネルを信頼している王はラネルの言うことを素直に聞いた。

東部諸国連合の正式な特使としての訪問に、エモウ王も面会を断ることはなかった。順調に面会の約束をして、訪問することになった。

「エモウ王が謁見室でお待ちです、どうぞこちらへ」

衛兵の一人に、私たちは謁見室へと案内された。

「ラネル王女、久しいな——と言っても前に会った時は、君はこんな小さな子供だったから覚えていないだろうがな」

謁見室に入ると、すぐにエモウ王がそう声をかけてくれた。ラネルはエモウ王が言うようにそれを覚えてないようで、苦笑いで誤魔化している。

「母から話は聞いてます。エモウ王には大変お世話になったと……」

「そうか、ルリハが君にそんな話をしてくれたんだな。まあ、座りたまえ、ゆっくり話をしよう」

凄く気さくでいい人みたいだ。王はどうしてこんないい人と仲が悪くなったんだろうか。それにエモウ王、凄く優しい笑顔だ。あれではまるで……いや、今はそんなこと考えている時じゃない。

「ルリハが亡くなってもう何年になるかな」

「五年です」

「そうか、本当に美しく素晴らしい人だったよ」

そうか、ラネルのお母さん亡くなってるんだ。確かに話には出てくるけど見たことなかった。

「それでエモウ王、本題なんですが……」

「そうだった。君たちは東部諸国連合の特使として訪問してきたんだったな」

「はい、実は東部諸国連合とルジャ帝国の関係が悪化していまして、ルジャ帝国への牽制のために、エモウ王国と同盟関係を築けないかという話です」

「なるほど、そういうことか」

「正式なお答えはよく考えてからとなると思いますが、いかがでしょうか。思案する可能性はございますか」

「東部諸国連合との同盟は百%ありえない。これだけは言えることだな」

「百%！　それはどうしてでしょうか、差し支えなければ理由を教えていただけますか」

「単純な話だ、東部諸国連合という組織は信用できない」

「しかし、エモウ王国はルジャ帝国とは敵対していますし、お互い利益があるのであれば――」

「信用できない相手と同盟関係になるなんて不利益しか生まない！　たとえ敵の敵であろうとそれ

は変わらないよ。悪いけど東部諸国連合とは同盟は結べない」

「どうしてそんなに信用できないんですか？」

「ラネル王女。東部諸国連合から何ヶ国か離脱したのはすでに知っているよね？」

「はい、四ヶ国が脱退しました」

「それはなぜかわかっているかい」

「それはルジャ帝国の策略で――」

「確かにそうだが、いくらルジャ帝国でもこんな短期間にそんな切り崩しができるかな？」

「そ、それはどういう意味ですか!?」

「東部諸国連合の内部に、協力者がいないと不可能なんだよ。その協力者は今も切り崩しに動いているはずだよ」

「まさか！　そんなこと……」

「あり得ないとでも言うのかい。そんなに信用できるほど東部諸国連合は一枚岩だったかな」

どうも思い当たることがあるのかラネルの顔色が変わる。

「わかったかね。そんな組織と同盟なんて何のメリットもない。いやデメリットでしかないからあり得ないんだよ」

ラネルはそれ以上何も言えなかった。それほど的を射た話だったのだろうけど、どうも東部諸国連合の話になった時のエモウ王の顔は好きではない。あんなに優しい笑顔をしていたのに……なんともムズムズとする気持ちが溢（あふ）れてきて、私は思わずこう言った。

「それでは、アムリア王国と同盟を結びませんか」

よくわからない娘の言葉に、エモウ王は動揺の表情をした。

「いきなり何を言い出すのだ、君は！　エモウとアムリアが同盟だって？　残念だけど不釣り合いだ。国の大きさが違いすぎる」

「だけどアムリアは信用できる国ですよ。それはあなたが一番よくわかってるんじゃないですか？」

「ちょっと渚、何言い出すのよ！」

ラネルがそう制止するが私の言葉は止まらない。

「ラネルのお母さん。いえ、ルリハさんの話をしている時にエモウ王は凄く優しい表情をしていました。あれは愛している人を思っている時の優しい表情です。愛している人がいた国を、愛している人の娘のいる国を信用できないなんてあるわけないですよね！」

「渚！　エモウ王に失礼ですよ！　謝りなさい！」

ラネルの言葉を無視して私はさらに言葉を続ける。でも、どうして私、こんなに怒ってるんだろ。

「どうなのですかエモウ王！　私の言っていることは間違っていますか！」

「――ふっ……女性というのはどうしてこうも本質を見抜くのが上手いのだろうな。確かに私はルリハを愛していた。今でも一番大事な女性だ。ルリハの国にルリハの娘か……確かに信用しないわけにはいかないな。いいだろう、アムリアとなら同盟を結ぼう。あのバカのマジュニも一緒に来てるんだろ？　すぐに正式に同盟関係を結ぶからここに呼ぶがいい」

その言葉を聞いたラネルは驚いていた。私もこうも上手くいくとは思ってなかったのでしばらく思考が停止していた。

三章　メルタリア王国

リンネカルロの母国である、メルタリア王国に向かうことになった俺たちは、ライドキャリアに乗り込もうとした。

「ちょっと、お待ちなさい。あなた方のライドキャリアはエドラタイプですよね」

よくわからないリンネカルロの質問に、ライドキャリアの元の持ち主であるアリュナが答える。

「そうだよ、エドラタイプの二期型だけど」

「そう、でしたら私のライドキャリアと連結可能ですわね」

「確かに可能かもしれないけど、別々に移動してもいいんじゃないの」

「こちらは二人しかいませんので操縦するのも大変ですのよ。悪いですけど連結させてもらいますわ」

どうやらライドキャリアは同タイプだと連結して移動することが可能なようだ。リンネカルロは操縦するのが面倒臭いようで、こちらと連結して楽に移動しようとしているらしい。

「ついでに魔導機の修理もお願いしてよろしいかしら」

「だって。ライザできる？」

「うっ……魔導機四体の修理を一人でしろと？」

「だよね。悪いけど、うちのメカニックは一人しかいないから無理だね」

「あら、それは残念、修理代は別途お支払いしますのに……」

「おい、ライザ、頑張ってみようか」

修理代が別料金だと聞いたジャンがブラックなことを言い出した。

「たくっ、ボーナス貰うよ。それに魔導機が増えてきたし、この先一人じゃ辛いからメカニックの補充要員も考えてよ」

「確かにそうだな、こんな状況じゃライザが可哀想だから、他のメカニックも探さないとね」

前から一人で大変そうなのを見ていたので俺がそう意見を言うと、ライザはマジマジと俺を見てこう言った。

「あんたがアリュナ様に近づかなくなるのが一番嬉しいんだけどね！」

ちょっと顔を赤くしてそう叫んできたのだけど……たくっ、せっかく気を使ったのに何なんだよ。

問答無用でライドキャリアを連結させたリンネカルロは、俺たちのライドキャリアで我が家のように寛ぎ始めた。

「どうして、こっちでゴロゴロするんだよ、バカ姫！」

容赦ないジャンは、お姫様相手にもストレートに文句を言う。

「あっちは何もないからつまらないのですわ。それよりバカ姫とはなんですかとんがり頭！」

「そうだぞ、下民が！　それに麗しのリンネカルロ様に寛いでもらっているだけでありがたいと思え！　私なんてリンネカルロ様の寛ぐ姿で飯が三杯は食べられるぞ！」

「ちょっとアーサー、変態的だからそういう発言はおやめなさい」

マジ顔でリンネカルロに注意されてアーサーはちょっと落ち込んでいる。

「もしかしてだが、飯もたかる気じゃねえだろうな」

「あら、私はそんな浅ましくありませんわよ。まあ、どうしてもと言うなら食事にお呼ばれしても良いですけどね」

「チッ、依頼主だから飯くらい食わしてやるけどな。少しくらい感謝とかしてもバチは当たらねえからな」

なんだかんだ言ってもジャンは優しいんだよな。ちゃんとご飯を食べさせるつもりらしい。

「感謝くらい、いくらでもしてあげますわ。言葉にはしませんけど」

「意味わかんねえよ！」

想像だけど、ギャンブルで資金を使い果たして、まともな食事をしていなかったのかリンネカルロの食べっぷりは本当に良い。ガツガツと美味しそうにジャンの作った料理を食べる。

「お姉ちゃん、これもあげるよ」

「あら、よろしいですの？　でしたら遠慮なくいただきますわ」

ナナミが気を使ったのか自分の分をリンネカルロに分けてあげている。

「それより、リンネカルロ。少しくらい仕事の内容を話してくれないかな？　前の仕事があまりいい依頼じゃなかったから気になるんだよ」

食事の会話の中で自然と俺はそう聞いた。

「……そうですわね、いいでしょう。でも、話を聞いたらやっぱり契約破棄とかなしですわよ」

「そんな心配してたのかよ、俺たちは一回結んだ契約は守るから安心しろ」

ジャンが間髪容れずにそう答える。

「それでは話しますわ。恥ずかしい話、今のメルタリア王国は情勢が不安定な状態にあります」

「なんだよ、内乱でも起こってるのか」

「いえ、王が危篤でもう長くないのですわ」

「王ってリンネカルロのお父さんだよね」

「ええ……それで跡目争いで混乱していますの」

リンネカルロが凄く悲しい表情をした。やっぱりお父さんがそんな状態なのは辛いんだろうな。

「ちょっと待ちな、もしかして自分の権力争いの戦争に私たちを雇ったんじゃないでしょうね」

アリュナが驚いたようにそう聞き返す。

「違いますわ。私は第三王女——男児優位のメルタリアでの王位継承権は九番目ですわよ。そんな地位なのに王位なんて狙ってませんわよ」

「それじゃどうして？」

「このままだと第一王子のムスヒムが王になってしまいますの……」

「第一王子が王になったらダメなのか？」

「兄のことを悪くいうのもあれですが、アレはクズですわ！　いえ、人の心を持たぬ外道ですわ！　あんなのが王になったら歴史あるメルタリアは滅んでしまいます」

リンネカルロも大概だと思うけど、そんな彼女がこれほど強く非難するムスヒムってどんな奴だよ。

三日ほどの旅で、リンネカルロの国であるメルタリア王国の王都へと到着した。ライドキャリアを王宮の近くの空き地に停めて、俺たちは徒歩で王宮へと向かう。

「とりあえず、勇太とジャンとアリュナは一緒に来てください。王宮の者に貴方たちを周知させますので」

「えっ、そんな周知なんてさせる必要あるのか?」

「得体の知れない者が王宮をウロウロするわけにもいかないでしょう」

確かにそれは言えてる。仕方ないのでリンネカルロに連れられて俺たちは王宮のとある部屋へと向かった。

「丁度、王位のことを話す会議で主要な者が集まってますのでそこに向かいましょう」

「いや、そんな会議に傭兵なんかが顔出していいのか?」

さすがに場違いな感じがしたのでそうリンネカルロに言ったのだが……。

「構わないわよ。そこにいるのはほとんど私の敵ばかりですから、気にする必要はありませんわ」

いや、俺たちが気にするんだけど。

予想通りというか、その部屋にいた人物たちは露骨に嫌な反応をした。

「なんだ、その汚い連中は!　誰がこの神聖な円卓会議室への入室を許可したのだ!」

狸(たぬき)のような風貌の、いかにも悪代官といった感じのおじさんが俺たちに向かってそう叫んだ。

「私ですわよ、ブロア宰相」

「ふんっ、困りますなリンネカルロ王女。そのような下賤な者をこんな場所まで連れてくるとは……それで、何者なのですか、そ奴らは？」

「私が雇った傭兵です。大事な客人ですから失礼のないようにお願いしますわ」

リンネカルロの言葉には、ブロア宰相と呼ばれた人物ではなく、その近くにいた若い男が反応した。

「よ、傭兵だと!?　ふざけるなリンネカルロ！　貴様は内乱防止のために、王位継承権を持つ者の軍の保有を禁止した前の決まりを無視するつもりか！」

「あら、ビルデロお兄様、確かに彼らは傭兵ですけど、私の話し相手になってもらうために雇っただけですわよ。それが証拠に彼らは十人にも満たない少人数ですわ。それとも一桁の傭兵を軍だと恐れるほど、お気の弱いことをおっしゃるのかしら？」

「十人にも満たないだと……だとしてもだな！」

ビルデロの言葉は、その後ろのいる人物によって妨げられた。

「いいではないかビルデロ。可愛い妹の悪ふざけだ。少しくらい大目に見てやろうではないか」

「しかし、ムスヒム兄さん」

あっ、こいつがリンネカルロがボロクソに言っていたムスヒム第一王子か。

「ふっ、十人にも満たない傭兵団か。そんな奴らに何ができようか。所詮クズはクズということだ」

「た、確かにそうですね、我々には二千機の魔導機軍が……あっ」

「あら、ビルデロお兄様、王位継承権を持つ者の軍の保有は禁止されたはずでしたわよね。二千機の魔導機軍とはどういうことですか」

「な、なんでもない！　ただの言い間違いだ！」

「あら、そうですの、それならいいのですけどね。まさか今の魔導機部隊司令官のクルスはムスヒムお兄様の息のかかった者で、裏で魔導機部隊を掌握しているなんてことはないですわよね」

なるほどね、どうやらリンネカルロが魔導機部隊の司令官をやめさせられた理由はこの辺りの話が関係しているみたいだな。

「くっ、リンネカルロ。そこまで言うなら証拠くらいあるんだろうな」

「いえ、クルスがムスヒムお兄様の夜の相手だったとのたわいもない噂話を聞いただけですわ」

「リンネカルロ！　貴様！」

相手が怒りに震えて、今にも摑みかかろうとしている。俺は無意識にリンネカルロを庇うように彼女の前に出た。

「邪魔だ、傭兵！　死にたいのか！」

「兄妹喧嘩に興味はないけど、男が女性に暴力を振るう場面は見たくないので」

「ほほう、傭兵如きが盾になれると思うなよ」

ムスヒムとビルデロが剣の柄を握って今にも抜きそうな雰囲気になると、奥のテーブルに座っていた一際若い男が大きな声でそれを制止した。

「兄さんも姉さんもその辺にしてください！　ここは神聖な円卓会議室ですよ！」

二人の王子は、その男の言葉を無視することはできないようで、動きが停止する。

「ふんっ、確かにここを下賤な者の血で汚すわけにいかぬな」

そう言って二人は剣の柄から手を離した。

リンネカルロもその若い男には悪態をつくこともなく素直に従い、大人しく円卓の椅子へ着席した。二人の王子と王女がその言葉を無視できない人物、リンネカルロの身内なのはわかるけど何者なんだろうか。

「その傭兵たちはいつまでそこにいる気だ」

部屋から出るタイミングを失ったのもあるが、俺たちはリンネカルロの後ろに立って会議を傍観していた。

「私の護衛でもありますから気になさらないでください」

どうやらリンネカルロは俺たちにこの会議の様子を見せたいのか、そう言い訳してこの状況を保持した。

「ふっ、王族の護衛の同伴はどのような状況でも認められているが、せめて騎士か正規兵にしてもらいたいものだな」

王族の護衛というのはかなり立場が保証されているようで、傭兵の俺たちでもこの場にいることが容認されたようだ。

「それでは、今回の議題である王位継承について話を進めさせていただきます」

ブロア宰相がそう言うと、リンネカルロがすぐに発言した。

「王位継承についてなんて、話し合う必要があるのかしら。もう王太子も指名されていますし、このまま王太子ユーディンが王位を継げばいいと思いますわ」

「ふっ、いくら父王が指名したのがユーディンだったとしても、それは病床での朦朧（もうろう）とした状態での言葉だ。それが本当に父王の本心など、あり得ぬことだ！」

「なぜあり得ませんの？」

「第一王子は俺だ！　俺を王太子に指名しないなどあり得ぬだろ！　こんな何もできない第三王子のユーディンを指名するなど理解できぬ！」

「それはお父様に人を見る目があっただけだと思いますけどね」

「なんだとリンネカルロ！　俺がユーディンに劣っているとでも言いたいのか！」

「そう捉えていただいて結構です」

「少しばかりルーディア値が高いからといっていい気になりおって」

兄妹の言い争いを止めるように、ブロア宰相がこう提案した。

「それでは、こうしてはどうでしょうか。王太子、第一王子のどちらが王位を継ぐか、投票決議で決めるのはいかがですかな」

ブロア宰相の言葉にリンネカルロが強く反応する。

「反対しますわ！　王の意志は絶対です。王太子が王になるべきです！」

「その王の意志が疑わしいって言ってるんだ！　俺は投票決議に賛成するぞ」

ムスヒムはよほど王になりたいのか自分でその案に賛同する。

「俺も賛成だ。王に相応（ふさわ）しいのはムスヒムだ」

ビルデロもムスヒムに続いて賛成を主張した。

「まあ、まあ、お二人とも、それではここに集まっている者で、投票決議の是非を問う投票をいたしましょう。王位の投票決議に賛成の者は挙手をお願いします」

ブロア宰相がそう言うと、その場にいるほとんどの者が手を挙げた。

「それでは、王位継承は王太子と第一王子の投票決議にて決めるということに決まりました」

リンネカルロは凄く険しい表情をするが、それ以上、何も言わなかった。

投票決議は十日後に行われることが決まり、投票に参加するのは五人の公爵と、当事者を除く、成人している王族四人によって執り行われることが決まった。


「予想通りの展開ですわ、このままではムスヒムが王になってしまいます」

「でも、さっきの話だと、ちゃんと投票で決めるんだろ。絶対ムスヒムが王になるってわけじゃないと思うけど」

「バカだな、勇太は。国の偉いさんの投票なんてな、派閥みたいなのがすでにあってやる前から大抵は決まっているようなもんなんだよ」

「ジャンの言う通りです。投票の権利のある王族四人のうち、第二王子のビルデロと、第二王女のリンディルはムスヒムの言いなりですから間違いなくムスヒム票になります。そして五人の公爵ですが、宰相のブロアと、ムスヒムの義理の父であるカロン公爵、それとムスヒムと商売で利害関係にあるホロメル公爵はムスヒム票になると予想されますわ」

「もうそれで五票になるな、全部で九票だろ？　すでに勝ち目ないんじゃないか」

俺がそう言うと、ジャンは全てお見通しといった感じで――

「それがわかってたから向こうは投票になるようにしたんだろうよ」

ジャンの言葉はリンネカルロやアリュナも思っていることのようで、その場の空気が鈍る。

「何か考えがあるんだろ、リンネカルロ」

アリュナの質問にリンネカルロは浮かない顔で答えた。

「正直、今の段階で、確実に王太子ユーディンに票を入れるのは私と第一王女のリヒリアだけですわ。ですが二人の公爵、レイデマルト公爵とバレルマ公爵はムスヒムをよく思っていませんので説得すれば十分、ユーディンへと票を入れてくれるはずです」

「それでも一票足らないよね」

「そうです。ですからどうしても一人、あちらの票をこちらに奪う必要がございます」

「第二王女か、第二王子を説得するのか？」

「いえ、あの二人はムスヒムと同類です。王族以外は虫けら、民は奴隷と思っているクズですわ。ムスヒムが王になることによって、自分たちが好き勝手できると思い込んでいますのでこちらには寝返らないでしょう」

「そうなると三人の公爵の誰かだね」

「ムスヒムの義父であるカロン公爵は論外として、幼い頃から教育係をして、ムスヒムを自分の息子のように思っているブロア宰相もまずこちらには寝返りません。なので狙うのは……」

「なるほどね、欲には欲をだね」

そこまでの話で全てを悟ったのか、アリュナはそう言う。

「そうです、利害関係だけの繋がりのホロメル公爵なら、もっと有益な条件を提示すればこちらに寝返るはずですわ」

話はわかったけど、具体的に、俺たち無双鉄騎団は何をするんだろ。ただ単に御家騒動に巻き込まれているだけのような気がしてきて不安になってしまった。

「とりあえず、依頼料を前金で一億、それと未払いの飲食代と魔導機の修理費用ですわ。ありがたく受け取りなさい」

リンネカルロがそう言いながらお金の入った大きな袋をジャンに渡した。

「おっ、ちゃんと払うとは偉いぞ、リンネカルロ」

「当たり前ですわ、私に二言はございません」

いや、二言だらけだったから心配だったんだけど。

「姉さん、僕に彼らを紹介してくれるかい」

リンネカルロがジャンに渡したお金を持ってきた青年が、リンネカルロの服を引っ張りながらお願いする。確か彼は会議で王子二人を止めてくれた人物だったな。

「あっ、そうですわね、この者たちは傭兵の無双鉄騎団の勇太にジャンにアリュナよ。そしてこちらは私の可愛い弟で王太子のユーディンですわ」

「そんな言い方恥ずかしいからやめてよ、姉さん」

「どうして恥ずかしがるのですか、本当のことですわ」

「ちょっと気になったんだけどよ。このお金ってそのユーディンが持ってきたよな。もしかしてリンネカルロの金じゃねえのか？」

「はい、それは姉さんに言われて僕が用意しました」

「ははん……おいリンネカルロ、お前金持ってねえな」

「……いえ、たまたま持ち合わせがなかったからユーディンに立て替えてもらっただけですわ」

「家に帰ってきてまで持ち合わせがないってあり得ねえだろ。正直に言ってみろ、金、ねえんだろ？」

「……た……確かに、今はありませんけど、すぐに来期分の王族手当が出ますから心配いりませんわ！」

「おいおい、俺たちへの報酬、大丈夫なんだろうな。ムスヒムが王様になったから払えませんとか洒落（しゃれ）にならねえぞ！」

「皆さん、その件については僕からお話をさせてください。実は姉さんにお金がないのには理由があるんです。戦死した兵の遺族に対して、毎年遺族手当を姉さん個人が支払っているんですよ。それでいつもお金がなくて……」

　驚いた。リンネカルロにそんなことをする一面があるなんて。

「そうなんだ、リンネカルロ、どうしてそんなことしてるんだ」

「当たり前でしょう！　王族の都合で戦わされて、それで死んで！　残された遺族の面倒を見るくらいしないとおかしいじゃないですの！　それが最低限、人を動かして生き死にを振り分けた王族の義務ですわ！」

ちょっと彼女のことを誤解してたかもしれないな。少なくとも人の命を大事に思っている感じは伝わってきた。

「そうだぞ、下民ども！　リンネカルロ様は私利私欲のためにギャンブルで路銀を使い果たしたわけではないのだ。傭兵を雇うお金、遺族に支払うお金、困りに困って一か八かの勝負に出ただけなのだ！」

アーサーがそういうふうに言うとなぜかイラッとくるのはどうしてだろうか。

「たく、まあ、こうして前金も貰ったから信じるけどよ。どんなことをしてもちゃんと報酬は用意しろよな」

捨て台詞にそう言うジャンだが、リンネカルロの話に納得はしたみたいだ。

「まあ、お金の話は置いておいて、これからの作戦を考えないとね」

脱線していた話を、アリュナが正しい道へと戻した。

「そうだな、ホロメル公爵をこちらに引き込むとして、具体的にどうするかだな」

「それには私に考えがございます。今、ホロメル公爵の領地では、大量の野盗が暴れ回っていて膨大な経済的損失を出しているそうです。その額は三百億ゴルドにもなりますので、それを解決する代わりに票を貰うと言うのはどうでしょうか」

「なるほど、金がねえから買収はできないけど、それなら俺たちにもなんとかなりそうだな」

「はい、ですので、野盗の討伐は無双鉄騎団にお任せしますわ」

「はあ？　俺たちだけで野盗を討伐するのか？」

「そうですわよ。私は王宮で二人の公爵の説得をしないといけませんし、今のタイミングで私がホロメル公爵の領地に行けば、勘ぐられる恐れがありますので」

「確かにそうだけどよ。それで、野盗ってどれくらいの戦力なんだよ」

「近年、メルタリアに滅ぼされたシュットガルの残党が中心の野盗らしいので、かなり手強いらしいですわよ。ホロメル公爵の私兵では歯が立たないようですので油断できませんわ」

「ふんっ、報酬分は働けよ下民ども！　野盗如きさっさと倒してこい！」

「何言ってるのですか、アーサー。あなたも行くのですよ」

「なっ！　なぜですか！」

「知らない土地で彼らだけで行動させるのは酷でしょう。あなたもお手伝いするのですわ」

「そ、そんな……」

「へへへッ、よろしく頼むぜ、アーサーちゃん」

ジャンに肩を抱かれてアーサーは心底嫌そうに項垂れていた。


ホロメル公爵の領地へ向かうために準備をしていたところ、王宮近くの広場に人集りができているのに目が留まる。気になったのでリンネカルロに聞いたのだが……。

「リンネカルロ、あれは何してるんだ」

「……あまり説明するのも嫌ですけど、公開裁判ですわ」

「どうして裁判を説明するのが嫌なんだ？」

「裁判とは名ばかりの公開処刑だからです。我が国の恥の一つで、ユーディンが王になれば絶対廃止になる悪習です」

「公開処刑……」

「あそこに罪状が書いてありますわ。読んでみると少しはわかると思いますわ」

リンネカルロがそう言うので、ジャンが罪状を読み上げてくれた。

「なになに……この者たちは、ムスヒム第一王子に対して悪評を広めた罪で処刑とする。異議ある者は正当な主張をもってそれを証明せよ。意味わかんねえな、正当な主張を証明するってどういうことだ？」

「昔は弁論にてそれを証明していましたが、今はアレで証明することになっています」

リンネカルロの視線の先には魔導機が立っていた。

「おいおい、魔導機で戦って勝てってことか？」

「そういうことです。あそこで木柱に拘束されている者のほとんどは魔導機に乗ることもできない人たちばかりなのに……そんなの裁判でもなんでもありませんわ」

「理由も何もかも無茶苦茶だな。魔導機で戦うのは罪に問われている本人しかダメなのか？」

「いえ、弁護人として代理で戦うことは認められていますわ」

「だったらリンネカルロがパパッと行って弁護してくれればいいのに」

「私やアーサーは公平であるべき公人ですので、裁判の弁護人になることは禁止されているのですわ。そうでなければすぐに行ってあの執行魔導機を破壊して差し上げますのに……」

「変なとこで公正さを意識しているルールがあるんだな――それで弁護人になるにはどうすればいいんだ？」

「勇太、あなたまさか弁護人になるつもりですか？」

「あの魔導機を倒すだけでいいんだろ？」

「そうですけど、弁護人は負けると同罪として処刑されるのですよ。いえ、そうですわね、貴方なら執行人に後れを取ることもないでしょう。弁護人をお願いできますか勇太」

「王子の悪口言っただけで処刑なんて可哀想だからな、ちょっと弁護してくるよ」

信頼されているのか、理不尽な公開処刑に怒っているのか、ジャンとアリュナもそれを止めることはなかった。

俺は広場に入り執行人に近づく――執行人は広場の真ん中に台を立てて、その上で群衆に向けて大声でこう叫んでいた。

「ほら、誰か弁護する奴はいねえのか！　もう少しでここにいる奴らは全員縛り首になっちまうぞ！　魔導機を持ってなくても大丈夫だぞ。こちらでちゃんと用意してやるからな。ほら、遠慮しないで弁護しろよ！」

と言ってくれるので遠慮なく弁護を申し出てみた。

「は〜い、弁護します！」

そう俺が執行人に伝えると、群衆が一斉にこちらを見た――興味津々の表情もあれば、哀れみや心配そうにする表情もある。

「本気で言ってるのかお前……弁護するってことは同じ罪を背負うってことだぞ」

「罪って、そこに吊るされた人たちがどんな罪を犯したっていうんだよ。本当のことを言っただけだろ」

「なっ！　なんだと貴様！　ムスヒム王子を馬鹿にするのか！」

「誰もムスヒム王子を馬鹿になんてしてないけどな。それともあんたはムスヒム王子が言われているようなことが本当のことだとでも思ってるのかな」

「くっ、いいだろ。弁護人として弁護の機会を与える！　魔導機はこちらで用事してやろうか」

「自前の魔導機があるから必要ない」

「後悔するなよ……おい！　執行魔導機を用意しろ！」

弁護人の弁護とやらは珍しいようで周りの群衆が騒ぎ始めた。もはや大きなイベントのような盛り上がりで、ザワザワとさらに人が集まってきているようだ。

「ちょっと待て！」

執行人が魔導機の準備をしていると、王宮の方から見知った人物が現れ執行人に向けてそう言い放った。

ムスヒム第一王子だ。

「これは、これはムスヒム王子。どういたしましたか」

「おい、お前が執行人としてあの弁護人と戦うのか？」

「はっ！　私はこう見えましてもルーディア値３８００の中級ライダーです。あのような下民に後れを取ることはありませんのでご安心ください！」

「ふっ、あの男と一緒にいる人物をよく見ろ」

そう言われた執行人は、俺の隣にいるリンネカルロを見て声を震わす。

「リ、リンネカルロ王女！」

「あの天下十二傑の一人であるリンネカルロが側にいることを許しているライダーが、中級ライダー如きで勝てると思っているのか馬鹿者！」

「も、申し訳ございません！　まさかそんな……」

「まあよい、あの弁護人と戦うライダーは俺が用意しよう」

「はっはい！」

「おい、弁護人、一つ質問するが、あの罪人全ての弁護を引き受けるということでよいか」

どういう意図かわからなかったけど、誰か一人を助けるとかそんな発想はないので、すぐにこう答えた。

「そうだ、全員の弁護をする！」

「ふふふっ、良かろう、では最高の執行人を用意してやる」

そう言うと側にいた人物にボソボソと指示を出して、何かを準備させているようだった。

まずは弁護するための道具を取りに、ライドキャリアへと戻ってきた。『アルレオ』に乗り込む俺を見て、ナナミが声をかけてきた。

「勇太、『アルレオ』に乗ってどこ行くの？」

「ちょっと弁護しにな」

「弁護？」

「そうだ、罪のない人が殺されそうになってるから助けに行くんだよ」

「ええ～じゃあ、ナナミも一緒に行くよ」

「いいけど、ちゃんとした正式な戦いみたいだから見ているだけだぞ」

「そうなんだ。ナナミも罪のない人、助けたいな……」

結局、ナナミはファルマを誘って俺の弁護を見学しに来た。二人とも俺が負けるとか微塵も考えてないようで、楽しそうに群衆に交ざりこちらを見ている。

弁護する場所は広場の近くの広い空き地となった。そこで待っていると、相手となる執行人の魔導機が、ムスヒム一行と一緒にやってきたのだが。

「ちょっと待って！　どうして十二機もいるんだよ！」

執行人の魔導機がズラリと俺の前に並んでいる。その魔導機の前にはそれを操縦するライダーも綺麗に整列していた。威圧するその姿に、流石に焦って抗議した。

「何を言っているのだ。貴様は罪人全員の弁護をすると言ったではないか。罪人は十二名、ならば執行人も十二名なのは必然であろう」

確かに理屈はそうだけど、どうして同時に戦う必要があるのか……これにはリンネカルロも納得いかないようで抗議してくれた。

「ムスヒム兄さん、その理屈はいくらなんでも酷いですわよ！　でしたらこちらも弁護人を増やしますわ」

「ふふっ……リンネカルロ！　そんなことが許されると思っているのか、もうすでにそいつは全ての罪人の弁護を引き受けているのだぞ。弁護人は罪人一人に対して一人という決まりもない。それはお前も知っていよう。一度受けた弁護は撤回もできぬのにどうするつもりだ」

「くっ、そんな理屈を……」

どうやらルール的にはこの状況を覆すことはできないようだ。俺はあの十二機の魔導機と戦う覚悟をする。

「リンネカルロ、もういいよ、俺が十二機全部ぶっ倒せばいいだけだろ」

「ゆ、勇太。あの執行人の十二人は普通のライダーではありませんわ、王国親衛隊の精鋭……全員がハーフレーダー以上で、しかもあの中央の三人はハイランダーですわよ」

「リンネカルロはあいつら全員と戦って勝てるか？」

「えっ！　そ、そうでしたわね。あなたは私と引き分けるほどの実力者ですからね。確かに私ならあの全員と戦っても勝てます。ならばあなたにも可能でしょう。もう何も言いませんわ。あんな執行人なんて全員ぶっ飛ばしてきなさい！」

「おう！　それじゃやってやるかな！」

やる気を出して『アルレオ』に乗り込もうとした時、一番中央にいた執行人から声をかけられた。

「勇太くん、君は勇太くんじゃないのか？」

「御影(みかげ)!?　御影守(まもる)か！」

「あっ、やっぱり勇太くんだ。久しぶりだね、君だけよくわからない商人に買われていったから心配してたんだよ」

　髪が長くなり、前の雰囲気とはずいぶん違ったのですぐにはわからなかったが、クラスメイトの御影守だった。御影とはあまり仲がいいわけではないが、久しぶりの再会に少し嬉しく思った。

「お前、メルタリアに買われてたのか」

「そうだよ、今はメルタリア王国親衛隊の一員なんだ。それより……もしかして今から戦う相手って君なのか？」

「そうだ、俺が弁護人だ」

「それは無謀だよ、こっちは王国親衛隊の精鋭十二人だよ。失礼だけど君に勝てる相手じゃない。今ならまだ間に合う、降参してムスヒム王子に許しを乞えば命だけは助けてもらえるかも。なんだったら僕も口添えするし――」

「悪いな、御影。ちょっと悪口言ったくらいで殺されようとしている人を見捨てるわけにはいかないし、俺は負けるつもりもないよ」

「しかしだね、君のルーディア値は――」

「御影、ルーディア値が低いからなんだ？　正しいことをしようとしてはダメなのか？　それに俺はお前が思っている以上に強いぞ」

「――わかった。そこまで言うならもう止めはしないよ。僕も全力で戦わせてもらうよ」

「ああ、俺も手を抜かないからな、負けても後で言い訳するなよ」

御影はそのまま振り返ることなく自分の魔導機の方へと歩いていく――二度目のクラスメイトとの戦いか……やはりあまりいい気分ではなかった。

『アルレオ』に乗り込むと、執行人十二人と対峙する――

「我は王国親衛隊、隊長のビルケア、ルーディア値1万8000！　刑の執行の正当性を、その力によって示すものとする！　弁護人、名を名乗って自分の意志を示せ！」

よくわからんが自己紹介のようなものかな。俺は仕方なく同じように言うことにした。

「俺は無双鉄騎団の勇太！　ルーディア値2！　彼らの無罪を、その力によって示してみせる！」

そう言うと一瞬辺りが静まり返った……そして王国親衛隊隊長が怒り出す。

「何をふざけたことを言っているのだ！　ルーディア値2など、おもちゃを動かすこともできぬではないか！　なぜ魔導機に乗ることができるのだ！」

いや、そんなこと言われても……しかし、今回は俺のルーディア値を知っている奴がそこにいた。

御影が隊長にフォローしてくれる。

「隊長、彼の言っていることは本当です。その計測時に僕もいましたのでそれは保証します」

「なっ、なんだと守。そうか、お前が言うならそうなんだろう。しかし、ルーディア値2とは……それが本当なら今から俺たちは何と戦おうとしているのだ。戦闘にもならんぞ」

「ふっ、ルーディア値がいくつとかどうでもいい！　ビルケア！　早くそいつを倒せ！」

ムスヒムはどうも短気のようだ。そんなやりとりを見守るのも嫌のようですぐに戦いを始めるようにそう言ってきた。

「それでは弁護を聞くとしよう。弁護人、開始の合図と共に罪人の正当性を主張せよ！」

中央にいた役人が黄色い旗を持っている。おそらくアレが振られたら戦いが開始されるのだろう。

バサッと黄色い旗が振られた――その瞬間、執行人の魔導機が一斉に動き出す。俺は中央の隊長の機体に右手を上げて魔光弾を向ける。そして首元辺りを狙ってそれを放った。

ズドォオオン――放たれた魔光弾は光の帯となって王国親衛隊隊長の魔導機の首元辺りに命中した。隊長の魔導機は首回りが吹き飛び、膝をついてその場に崩れ落ちた。

何が起こったか理解できないのか、崩れ落ちた隊長機を見つめながら他の執行人の動きが停止する。俺はその隙に加速して御影の魔導機との距離を一気に詰めた。

御影も隊長の魔導機が魔光弾の一撃で戦闘不能になったのが衝撃なのか、俺が接近してもすぐに反応することができなかった――俺はそんな無防備な御影の機体に、上から振り下ろすようにトンファーを叩きつけた。

グニャッという感触がして御影の魔導機のボディーが凹(へこ)み、プシュプシュと音をたててそのまま後ろにぶっ倒れた。

御影を倒され、ようやく冷静になったのか他の執行人が攻撃してきた。まずは剣で攻撃してきた魔導機の頭をトンファーで突いて破壊すると、後ろから大きな斧(おの)で攻撃してきた敵の攻撃を避け、回転し、トンファーを回しながらぶち当てて頭部を吹き飛ばす。

右から接近してきた敵機の足を叩き動きを止めると、低い体勢になった敵機の頭を膝蹴りで粉砕する。二機の同時攻撃を体を捻(ひね)って避けると、ボクシングのアッパーカットのように、下から突き上げるように右手のトンファーで頭部を吹き飛ばし、左手のトンファーを回転させてもう一機のボディーに強烈な一撃を与える。

最初に主力となるハイランダーの機体を倒したことで、残った執行人は恐怖と動揺で動きが鈍くなっている。普段ならもう少し戦えるのだろうが、連携もなくガムシャラに突っ込んでくる敵機になんの恐怖も感じなかった。

移動しながら体を回転させてトンファーを振り回し、近づいてきた敵機をどんどん破壊していく。気がつけば敵の残りは一機になっていた。最後の一機はすでに戦意を喪失していて後ろにゆっくり下がるだけで攻撃する意志を感じない。すでに勝負は決したと思うけど、倒さないと終わらないと思い、ビビって何もできないその魔導機の首元をトンファーでひと突きして戦闘不能にした。

「ば、ばかな！　十二機の魔導機をこんな短時間で……しかも全員王国親衛隊の精鋭だぞ！」

驚くムスヒム王子に対して、誇らしく堂々とリンネカルロがこう言い放った。

「驚いているようですねムスヒム兄さん。残念ですけど彼は私と引き分けたほどのライダー、傭兵如きと侮ったことが誤算でしたわね」

「天下十二傑と引き分けるだと！　剣聖以外にそんな傭兵がいるなど聞いたこともないぞ！」

「現実にここにいますわ。それより裁判の結果を宣言したらどうですの？　群衆がそれを待っていますよ」

リンネカルロが言うように、この裁判を見ている人たちが、興味津々でムスヒムに注目していた。

ムスヒムはその視線に何かの力を感じているようで、渋々、こう言葉を述べた。

「ぐぐっ……べ、弁護人の主張が正しいことを認め、ここにいる者たちを無罪とする」

ムスヒムがそう言った瞬間、群衆から大きな歓声があがった。その中には罪なき者の家族もいるだろう。彼らを助けられて本当に良かったと思った。


「それではよろしく頼みましたわよ」

「そっちもちゃんとやれよ。ホロメル公爵を口説き落としても他の公爵二人の票が取れませんでした、なんてことになったら元も子もないからな」

「わかってますわよ。それは私に任せなさい」

弁護人としての戦いに勝利して、気持ちよくホロメル公爵領へと向かう。戦いの後に御影が敗北の処分が怖いと言っていたが、リンネカルロの話ではこの国でもハイランダーやハーフレーダーは貴重な人材のようで、いくらムスヒムでも彼らに大きな処分は与えないだろうと言ってくれて安心した。

ホロメル公爵領にはアーサーの案内で向かうのだが、そのアーサーは嫌々感満載で不貞腐れている。

「ほら、アーサー、飯ができたぞ。そんなに落ち込んでいないでこっち来て一緒に食べろよ」

「ぼ、僕はいい。食欲がない……」

「お前、リンネカルロと一緒の時と、全然キャラが違うな」

「リンネカルロ様がいないと僕は何もできないんだ。いいから放っておいてくれよ」

「甘ったれんじゃねえよ！　この任務は誰のためだ！　俺たちのためか？　違うだろ、お前の大事なリンネカルロ様のためじゃねえのか！　しっかりしろ！　ちゃんと仕事をしてリンネカルロに褒めてもらえ！」

ジャンがアーサーの襟を摑んでユサユサ揺すりながらそう熱弁すると、アーサーの目の色が変わる。

「そ、そうか、この任務をちゃんとやり遂げればリンネカルロ様が僕を褒めてくれるってことなんだな。そうだ、そして専属騎士に任命してくれるはずなんだ。よし頑張るぞ！」

単純な奴だな。

「それにしてもよ、お前とリンネカルロの関係ってなんなんだ？」

「ぼふぅはむぅ、はぅっ、んぐっ……むむ……僕とリンネカルロ様は強い絆で結ばれているのだ」

アーサーは急にジャンにそう聞かれて、慌てて食べ物を飲み込むとそう答えた。

「いや、そんなことじゃなくてよ、お前の正式な立場ってなんなんだ」

「僕はリクルメル伯爵家の次男で騎士見習いだ」

「騎士見習い？　半人前ってことだな」

「失礼な！　僕はこう見えても騎士学校ではトップの成績だったし、公職に入ればすぐに騎士になれた逸材だぞ」

「ほほう、それがどうしてまだ騎士にもなれてないんだ」

「仕方ないだろ、リンネカルロ様が認めてくれないんだから」

「すぐに騎士になれる逸材が、王族付きに拘ってフラフラしてるってことだな」

「違う！　王族付きに拘ってるのではない！　リンネカルロ様付きになりたいのだ！」

「あの非常識姫様のどこがそんなにいいんだ。ありゃルーディア値とプライドが高いだけの世間知らずだろ」

「貴様にはあの可憐な美しさ、清く正しい心と奥ゆかしさがわからんのか！」

「わかんねえよ！　それに奥ゆかしさなんてものは絶対ないと思うぞ」

「ふんっ、なんとも見る目のない奴だな」

「奥ゆかしさはどうかわからないけど、リンネカルロは本当は優しくていい子だと思うよ。ちょっと負けず嫌いがアレだけど」

俺がそう言うと、アーサーが嬉しそうに同意する。

「そうなのだよ、リンネカルロ様はお優しいのだ。たまに僕に余ったお菓子を分けてくれる時があるし、いらなくなった書物もくれる時があるんだ」

そんなレベルの優しさの話はしてないんだけどな。

目的地であるホロメル公爵の領地には二日ほどで到着した。その頃にはアーサーはずいぶん俺たちに馴染み、特にファルマと話が合うのか、よく魔導機の話を二人でするようになっていた。

「やっぱり最強の魔導機はユウトの『アジュラ』だと思う」

「確かに『アジュラ』が反則級のスペックなのは認める、だけどリンネカルロ様の『オーディン』も攻撃力だけなら負けてない！」

「そうだけど、総合力では『アジュラ』には勝てないよ」

「いや、リンネカルロ様は――……」

魔導機の話からいつの間にかリンネカルロ様話になるのは変わらないが、アーサーが打ち解けるのはいいことだと思う。

「俺の『アルレオ』はどうなんだ？」

『アルレオ』の性能について前から少し気になってたので話を振ってみた。

「勇太の『アルレオ』は正直よくわからないんだよね。ライザも言ってたけどスペックだけ見たら並の魔導機にしか見えないし」

「そうだな、どう見てもあの機体は名機とは言いがたい。どうしてあの機体でリンネカルロ様に勝った、いや、引き分けたのか理解に苦しむところだ」

「そもそも魔導機の性能って何で決まるんだ」

「一番はルーディアコア、次にエレメンタルライン、そしてインボーン、外骨格の順だと思う、まあ、九割はルーディアコアで決まるけどね」

「ルーディアコアってのがよくわからないんだけど、なんなんだ？」

「実を言うと誰も知らないの。構造も原理も何もわからない謎の部品よ。ただ使い方だけはなんとかわかるから使ってるってだけなのよ」

「原理はわからなくても電池は使えるようなもんか」

「ルーディアコア以外の魔導機の部品は今の技術でも修復可能だけど、ルーディアコアは一度壊れたら二度と元には戻せないの。だからルーディアコアを破壊されたら魔導機の死を意味する。まあ、ほとんどの場合、ルーディアコアが破壊される前に魔導機自体が行動不能になるんだけどね」

確かに魔導機って意外に脆いイメージがある。頭部吹き飛ばしただけでプシュプシュいって止まるからな。

◇

エミナが死んだ事実を私はまだ受け入れることができなかった。帝都に戻っても何をするわけでもなく部屋に閉じこもる日が続いた。

「無双鉄騎団……」

獣王傭兵団の団長から聞いた傭兵団の名を口にする。それがエミナの仇(かたき)。しかし、その報告を軍にしたのだが、無名の傭兵団なのか全く情報がなかった。

獣王傭兵団を殲滅(せんめつ)したことにより、エミナの仇はすでに討てたとの認識で軍は動くことはないようだけど、私は絶対に忘れない。個人で動いても必ず無双鉄騎団を追い詰めると心に決めていた。

「結衣(ゆい)様、皇帝陛下がお呼びでございます。すぐに謁見室へお越しください」

ある日、イーオさんが訪ねてきてそう言った。

いつまでも部屋に閉じこもっていたから怒られるのかな、そんな心配をしながら私は謁見室へ向かった。

「結衣様、以前、お願いされていた奴隷商人に売られたご友人の消息ですが……」

謁見室までの道すがらイーオさんがそう話をしてきた。

「勇太くんが見つかったんですか！」

「いえ、まだ発見までにはいたってないのですが、足取りは少し掴めてきました」

「どこにいるんですか！」

「奴隷商人の元から逃げ出したご友人は奴隷商船で少し働いた後、ルダワンという小国に入り、何かのトラブルでルダワン軍と問題を起こしたようです」

「軍とトラブル！　大丈夫なんですか!?」

「それがまだ詳細は不明でして、今、情報収集のために特殊部隊をルダワンに向かわせています。ですから、今しばらくお待ちください」

ああ……勇太くん。今、あなたが側にいてくれたら……この悲しい気持ちが少しは癒されるのに……。

「最近、エミナのことで塞ぎ込んでいると聞いたが少しは落ち着いたのか」

皇帝は怒るために私を呼んだわけではないみたいで、優しくそう声をかけてくれた。

「正直、まだ立ち直ったとは言えないのですが、少しだけ落ち着きは取り戻したと思います」

「そうか、まあ、無理をせず休めば良い。そうじゃ、部屋にいては気分も晴れまい。任務というほど大層なものではないが、昔の書庫から面白い文献が出てきてのう。伝説の大賢者が眠る祠(ほこら)がディアーブルの森深くにあると記されていたのだが、その真偽を確かめる調査隊を送ろうと思うのじゃ。どうだ、結衣もそれに参加してみぬか」

「伝説の大賢者……」

「そうじゃ、ラフシャルという名の大賢者で、嘘か誠か、魔導機を最初に作った人物だそうじゃ」

「確かに部屋にいると嫌なことばかり考えてしまいます。その調査隊への参加、お願いできますか」

「うんうん、それがいいじゃろう。イーオに段取りを任せておるので後は彼奴(あいつ)から聞くがよい」

「はい。お心遣いありがとうございます」

そう言って私は謁見室を後にした。

「結衣様、大賢者の祠の捜索への参加ありがとうございます」

「いいえ、気分転換ですから。それより、調査隊のメンバーはもう決まっているのですか」

「はい。三名の学者、十二名のライダーと二十名のメカニック、それに衛兵が五十名ほど、すでに準備を進めています」

「思ったより大規模ですね」

「ディアーブルは怖い伝承が残る地ですから、小規模の調査隊では皆怖がって行きたがりませんので」

「怖い伝承とはなんですか」

「昔、あそこには巨獣の住み処があり。数千、数万の群れとなり暴れ回っていたそうです。巨獣は今では絶滅したと言われているので生き残っているとは思えませんけどね」

巨獣とはどんなものか想像できなかったけど、魔導機があればどんな敵にも恐れる必要はないだろうと考えていた。

調査隊のライダーは十名のハイランダー、それに二人のダブルハイランダーと精鋭で構成されていた。私を含めると十三名のハイランダー以上の戦力で、小国であれば制圧できるほどだとイーオさんは言っている。

「トリプルハイランダーの結衣ね。私はメアリーよ。母国はアメリカ合衆国、あなたはユウトと同じ日本出身なんでしょう」

「あっ、はい。そうです」

そうか、別に転移者が日本人だけとは限らないんだ。

「おいおい、地球人同士だけで仲良くするなよ。俺はエンリケ、よろしくな結衣」

「よろしくお願いします」

調査隊の顔合わせで、ダブルハイランダーの二人は気さくに話しかけてくれたが、ハイランダーの十人のライダーたちは堅い挨拶をしてくるだけで打ち解けた感じがしない。どうもエリシアではハイランダーとダブルハイランダーの間には大きな身分の差があるように感じる。数十名しかいないダブルハイランダーに対して、ハイランダーは数百名いると聞いている。その数の差がそうさせているのだろうか。

四章

獅子王

ホロメル公爵の屋敷は豪華絢爛、ものすごい豪邸であった。

「ほほう、リンネカルロ王女の使いか。果たしてどのような用件かな」

ホロメル公爵はまさに大貴族のイメージに合う風貌であった。丸く太った体、長く伸ばした髭、細く鋭い目、お世辞にもあまり人が良さそうには見えない。

「リンネカルロ王女よりの密書でございます。こちらをご確認ください」

そう言いながらアーサーがリンネカルロから預かっていた手紙を渡した。

「密書とな、ふむふむ――なるほどな、王位継承の投票の件は聞いておるが、ワシにユーディンに投票しろとは思い切ったことを提案するのう。交換条件はワシの領内で暴れ回っている野盗の討伐と――ハハハハッ、面白い。実に面白い！　金のない貧乏王女が搾り出した最高の条件じゃな」

その言葉にアーサーが露骨に嫌な顔をする。今にも摑みかかりそうになるのをアリュナが首根っこを捕まえて抑える。

「いいだろう、確かに票の一つであの野盗どもが一掃されるのなら儲け物だ。この提案受けよう」

予定通りホロメル公爵がリンネカルロの提案に乗ってきた。これで後は野盗を討伐するだけである。

「よし、釣り針に魚がかかったぞ。後は引き上げるだけだ」

「それじゃあ、手分けして野盗の情報でも探りましょう。私と勇太、ジャンとエミナ、アーサーとファルマ、ロルゴとナナミで分かれましょう」

「ちょっとアリュナ、どうしてアリュナと勇太なの？　ナナミと勇太でもいいよね」

「そうだぞ、アリュナ。その組み合わせはバランスが悪い。ロルゴとナナミでどんな情報取ってくんだよ」

「ちょっと、ジャン、何よその言い方。ナナミとロルゴだと何もできないみたいじゃない」

「いや、情報収集はってことだよ。別に何もできないなんて言ってねえだろ」

ナナミだけではなく、アリュナの考えた組み合わせに納得しない者がいたので、ここは公平にあみだくじで決めることになった。知らない場所で危険がないように、護身術を身につけているアリュナ、エミナ、アーサー。それに口で危険を避けられそうなジャンの四人が分かれて、ペアをクジで決めることになった。

それで決まったのが――

アリュナとナナミ。エミナと俺。アーサーとファルマ。ジャンとロルゴのペアとなった。

「それじゃ、夕方にこの広場に集合でいいわね」

アリュナの言葉に頷くと、俺たちはそれぞれの方向へ情報収集へと向かう。

「エミナ、どう、無双鉄騎団に慣れた？」

「まあ、慣れたといえば慣れたかしら」

「そういえば、エミナって何か趣味とかあるの？」

「趣味？　私の趣味に興味なんてないでしょう。無理に話なんてしなくてもいいのよ」

「いや、別に無理してるわけじゃないんだけど、仲間だし、少しでもお互いを知っていた方がいいだろ」

「そう、まあ、あなたは無双鉄騎団のリーダーだし、そう考えてもおかしくないわね。私の趣味はお買い物よ、洋服とか小物とか見て回るのが好きなの」

「へぇ～そうなんだ。それじゃ今から少し買い物しようか」

「何言ってるのよ、野盗の情報を集めないといけないでしょ」

「そうだけど、買い物しながらでも情報は集められるだろ」

「まあ、そうだけど……私、あなたたちに借金しててお金ないのよ」

「あっそうだっけ、まあ、それほど高くない物だったら俺が買ってあげるよ」

「ちょっと、待って。もしかしてあなた、私の体とか狙ってる？」

「ブフッ！　な！　あのな……まあ、エミナは綺麗だと思うけど、俺には好きな子がいるからそういう意図はないよ」

「誰よ、もしかしてアリュナとか？」

「いや、アリュナは好きだけど、そういうんじゃないよ」

「だったら誰よ、もしかしてナナミ!?　ちょっとそれは流石にどうかと思うわよ！」

「いや、君の知らない子だよ。今は離れ離れになってるんだ。どこにいるかもわからないし、ちゃんと好きだって言ってもいないから、向こうは俺のことなんて何も思ってないと思うけど」

そうだよな……白雪（しらゆき）結衣にとって、俺はただのクラスメイトなんだよな。あのまま修学旅行の最終日に、俺が告白してたらどうなってたんだろ。

「そっか。あのさ、勇太。いつか会えるよその子と。そうしたらちゃんと告白しなさいよ」

ちょっと悲しい感じを悟られたのか、エミナは優しくそう言ってくれた。

「それじゃ、遠慮なく勇太のお金で買い物させてもらおうかな。ほら、行きましょう」

エミナの表情が明るくなったのはいいが、ちょっと財布の中身が心配になってしまった。

「すみません、最近この辺りを荒らしている野盗について聞きたいんですけど」

生活用の井戸の周りでヒソヒソと小さな声で話をしていた奥様方に、そう話しかけた。しかし、なぜか何も答えないでバラバラと何処かへ去っていく奥様方。ここに来るまでに何度も同じような光景に出くわし、まだなんの情報も得ることができていなかった。買い物で入ったお店では露骨に嫌な顔をされたし、どうも野盗の話をするのをこの街の人たちは嫌がっているようにも見える。

「おかしいわね……野盗に困っているはずなのに、市民は皆、非協力的。あの反応だと何か知ってるけど話す気がないって感じね」

エミナが言うように、野盗に触れて欲しくないって感じだろうか。それどころか俺たちのことをよく思ってないって雰囲気が伝わってくる。

「おい、野盗について聞きたいのか」

そう声をかけてきたのはガラの悪そうな三人組であった。

「そうだけど、情報があるのか？」

「ああ、いい話を聞かせてやるよ。ちょっとここでは話せないからその裏路地に一緒に来てくれ」

「勇太、ちょっとこいつら怪しくない？」

エミナが小さな声でそう警告する。

「確かに怪しいけど、このままだとなんの情報も手に入らないままだしな」

「わかったわ、なら話は聞くのはいいけど油断しないで」

俺はわかったとエミナに答えて、その三人組と一緒に裏路地へと向かった。

路地裏に来ると、三人組の態度が急変した。

「おい！　野盗について調べてるみたいだな。余計なことしてんじゃねえぞ！」

三人は全員ナイフを持っている。殺気全開で俺たちを威嚇していた。

「そう言ってくるってことは貴方たちは野盗と知り合いか何か？」

サッと俺の前に出たエミナが、腰に付けた剣の柄に手をやりそう聞き返した。

「そ、そんなの関係ねえだろ！　言うことを聞かねえなら痛い目にあうぜ」

男がそう言った瞬間、エミナは剣を抜いて、一瞬の間に三人のナイフを弾き飛ばしていた。さすがは元軍人さんだ。

「くっ、よくもやりやがったな！」

「いいから、質問に答えなさい。貴方たちは野盗の仲間なの？」

「ち、違う、野盗じゃねえが、彼らに恩義を感じてるもんだ！　あいつらは領主から奪った金や食料を分けてくれてんだよ！　高い税率で俺たちを苦しめる非道な領主より、俺たちには必要な連中なんだ！」

なるほど。どうやら野盗たちは奪った金や食料を民に分け与えているようで、あの悪そうな領主よりよほど市民に人気があるようだ。

「どんな理由があっても人の物を奪っていいわけないでしょう。いいから知ってることを言いなさい！」

剣を喉元に突きつけられて、男は震えながらこう答える。

「お、俺たちは何も知らねえんだよ！　野盗たちは前触れもなくやってきて、金や食料を配ってすぐに何処かへ行っちまうからよ」

「どこから来るのかもわからないの？」

「知らねえよ！　噂じゃ、デナ山の方にアジトがあるって話だけどよ」

「おい！　何喋ってんだよ！」

「仕方ねえだろ！　この姉ちゃんの目、怖(こえ)えんだよ」

「他に情報はないの？　例えば野盗の規模とか、人数はどれくらいとか、魔導機は何機所有しているのとか知ってることを言いなさい！」

「本当に何も知らねえんだよ。勘弁してくれよ！」

「エミナ、彼らは本当に知らなそうだ。その辺でいいんじゃないか」

そう俺が言うと、エミナは剣を収めた。

もうすぐ夕方なので、その男たちはそのまま放置して俺たちはアリュナたちとの合流場所へと戻ることにした。

合流地点にはすでにアーサーとファルマが戻っていたので、俺はすぐに収穫について聞いた。

「どうだったアーサー。情報はあったか？」

「うむ、かなり聞き込みをしたが、なぜか民が野盗の話をしたがらないのでな。結局収穫はゼロだ」

「そうか、こっちも同じ状況で情報らしい情報は聞けなかったよ。アリュナやジャンが何か情報を持って帰ってきてくれるといいけど」

そう言っていると、アリュナが渋い顔をして戻ってきた。

「アリュナ、どうだった？」

「どうもこうもないね。この街の連中は野盗のことになると全く話さなくなる。それどころか野盗を探っている私らが悪者みたいな扱いされたよ」

「やっぱりみんなそうか」

「これじゃジャンの方も期待できないわね」

「おう、俺の何が期待できないって」

すでに近くまで来ていたジャンが、話を聞いていたようで嫌味を言う。

「ジャン、情報どうだった？」

「バッチリ摑んできたぜ。アジトの場所や規模、敵のリーダーの情報まで持ってきてやったぜ」

この返答にはアリュナもエミナも驚いている。

「あの街の雰囲気でどうやってそんなに情報をとってきたんだよ」

俺がそう聞くと、ジャンはロルゴを親指で指してこう言う。

「こいつを使ったんだよ」

「ロルゴを使ったって……ロルゴ、何したんだ？」

「おで……ジャンに言われて、ただ指をゴキゴキ鳴らして立ってただけ……何もしてない……」

ロルゴが無言で指を鳴らす姿を想像する。ロルゴのことを知っている俺たちなら何も思わないかもしれないけど、知らない人からしたら熊のような風貌の大男に何をされるのか恐怖しか感じないかもしれない。ジャンはやっぱり抜かりないな。


情報を得た俺たちは、ライドキャリアへと戻って、作戦会議をすることになった。

「野盗のリーダーは獅子王と呼ばれている男らしい」

「獅子王？　またなぜそんな名で呼ばれているんだ」

俺がジャンにそう聞き返すとジャンはさらに言葉を続ける。

「常に獅子の仮面をつけていて、その顔を隠しているそうだ。顔を隠すのにはいくつか理由が考えられるけど、悪いことする奴が顔を隠す理由なんて大体予想ができる」

「なんだ、その理由って」

「まあ、顔に大きな傷や火傷があって他人に見せたくないって可能性もあるけどな。それより、もっと可能性があるのはその人物が自分の顔を誰にも知られたくないと思っているってことだ」

「そりゃ悪いことしてるんだからそれが普通じゃないのか？」

「普通のその辺の悪党が、そんなナイーブな感情持ってると思うか？　素顔を見られたら困る人物、てことは、顔を見られたら誰かわかってしまうから困るって人物、おそらく、俺の予想ではその野盗のリーダーはこの国の有名人だ。少なくとも名前を出せば誰でも知っているような人物だろうな」

「ええ！　それって凄く大きな問題じゃないのか？」

「そうだよ、大きな問題なんだよ。だからそいつは顔を隠してるんじゃねえか」

ジャンってほんとに凄いよな。よくそれだけの情報でそこまでの予想ができるよ。ジャンは野盗が出没するポイントや、アジトの正確な場所まで掴んでいた。

「デナ山の中腹の洞窟が奴らのアジトだ。敵の戦力は魔導機三十機くらいらしいから、お前らなら楽勝だろ」

「よくもあの街の連中からそんな情報まで聞けたね」

アリュナも感心したようにそうジャンに言う。

「いや、いくらロルゴを見てビビっても、素直に教えてくれたわけじゃねえよ」

「それならどうしてそんな情報が手に入ったんだい」

アリュナが怪訝そうにそう聞く。

「小さな情報を大量に集めて、矛盾点や不確定な情報を精査して、一つの確実な情報にしたんだよ」

「うっ……ジャン。俺にもわかるように言ってくれ」

「たくっ、それくらい理解しろよ。いいか、畑に四本の果実の木があるとしよう。畑の主がこの中の一本になる実を全部やると言われたが、四本のうち、美味しい実をつけるのは一本だけ。美味しい実がなる木がどれか知るためにその畑の従業員たちに聞こうとしたが、従業員たちは主に美味しい実がなる木を教えてはダメだと口止めされていた。そこで従業員たちにそれぞれ小さな質問をすることにした。一人には美味しい実の木の高さを、一人には美味しい実の木の葉の色を、一人には一番美味しくない実のなる木を。それぞれの情報をまとめると、美味しい実のなる木がどれかってわかるってことだ」

「なるほどね。詳細をペラペラ喋るのは抵抗あるけど、少しの情報なら罪悪感なしで話してくれたってことね」

アリュナは理解したみたいだけど、俺はフワッと理解しただけであった。これ以上聞いても完全に理解できそうにないので、話を変えた。

「まあ、アジトがわかったんなら話が早いな。そこを襲撃して一網打尽にしよう」

俺がそう言うと、みんな頷いて同意した。

デナ山は情報収集した領主の城下町からライドキャリアで数時間の距離にあった。移動はジャンに任せて、俺たちライダーはその間に休息を取る。

「そろそろデナ山に到着するぞ」

「ジャン、ライドキャリアはこの辺で待機した方がいいんじゃない」

「だな、もう見張りがいてもおかしくないだろうからな」

ライドキャリアはデナ山の麓の森に隠して待機することにして、ここからは魔導機でそっと近づくことになった。

出撃するのは俺とアリュナ、ナナミ、エミナ、アーサーの五人。ロルゴとファルマは念のためにライドキャリアの護衛として残ることになった。

「勇太、止まって」

ライドキャリアから十分ほど移動した渓谷で、いきなりアリュナにそう言われた。俺は慌てて『アルレオ』の歩みを止める。

「どうした、アリュナ」

「あそこ見て、魔導機がいるよ」

よく見ると数百メートルくらい先の崖上に二体の魔導機の姿が見えた。

「見張りだね」

「どうしようか、二体だし、サッと片付けるか？」

「いや、下手すると気づかれるわね。一網打尽にするにはまだ気づかれない方がいいでしょう」

「私がやるわ、ここで待ってて」

エミナがそう言って『アルテミス』で見張りの魔導機に近づいていった。

ブワンッと音が鳴ると、『アルテミス』の姿が周りの風景に同化する。パッと見ではエミナがどこにいるかわからなくなった。

「あれが『アルテミス』の保護色能力……凄いね」

見ていると見張りの魔導機の一体がいきなり膝をついて崩れ落ちた。それに気がついたもう一体の見張りが倒れた魔導機に近づくが、そいつもビクッと体が硬直したと思った瞬間、前に崩れるように倒れる。

『アルテミス』の保護色が解かれて崖の上に現れると、こちらに向かって手を振って合図を送ってきた。それを見た俺たちは警戒しながら前に進み始めた。

エミナが見張りを倒した崖からさらにデナ山の中腹に向かって進むと、また見張りの魔導機の姿が見えた。

「あそこが野盗のアジトみたいね」

見張りは洞窟の入り口を守るように立っている。アリュナの言うようにアジトはおそらくそこだろう。

「見張りは二体。エミナ、もう一度頼める？」

「了解、任せて」

そう言って『アルテミス』がまた保護色を展開して周りの景色に同化する。

「エミナが見張りを倒したら突入するよ」

「もう見つかってもいいのか？」

「歩兵の姿もチラホラ見えるから流石に隠れるのにも限界があるでしょう。どうせ見つかるんだったら一気に制圧した方がいいわね」

確かにそうだ。歩兵も全部見つからないように倒すなんて無理だしな。

さっきと同じように見張りの魔導機の一体が、膝から崩れ落ちるように倒れる。もう一体の見張りが驚いて倒れた魔導機の方を見た瞬間、その魔導機の頭部が吹き飛んだ。パチパチと火花のような音を立てて『アルテミス』の保護色が解除される。姿を現した『アルテミス』は左腕に装着したボウガンを頭部を破壊した魔導機に向けていた。

「よし、行くわよ！　歩兵は無視して、魔導機の破壊を優先しましょう！」

魔導機一体がなんとか通れる洞窟の入り口を、俺、ナナミ、アリュナ、アーサー、エミナの順で突入する。

洞窟の中は広い空間になっていた。そこには多くの荷物が置かれており、魔導機の姿もチラホラ見える。

野盗たちはワーワーと騒ぎながら逃げ惑い。魔導機は武器を持って迎撃に出てきた。

「アリュナとエミナは右の魔導機部隊を頼む。ナナミとアーサーは左を、俺は中央の敵を叩くよ」

三方に散って、敵の魔導機を狙って攻撃を開始した。

長い槍を持って攻撃してきた魔導機のボディーをトンファーで叩いて潰すと、両手剣をブンブン振り回して近づいてきた敵機を蹴り一撃で粉砕する。前から突っ込んできた大きな斧の攻撃を体を捻りながら避けると、足、胴、頭の順に叩いて潰して行動不能にさせた。

左右から同時に襲ってきた敵機は体を回転しながらトンファーを振り、ほぼ同時に頭部を破壊する。

近くの敵は全て倒して周りを見渡すと、アリュナたちもすでに敵機を片付けたみたいだ。洞窟に突入してから僅か数分での制圧に逃げることもできなかったのだろう。

「貴様ら、何者だ！　ホロメル公爵の私兵どもか！」

外部出力でそう叫びながら現れたのは獅子をモチーフにした頭部の白い魔導機であった。

「いや、俺たちは傭兵だ」

俺は外部出力でそう答える。

「ほほう。ホロメル公爵に雇われたのか」

「正確には雇われたわけじゃない。交換条件でお前たちを討伐しに来たんだ」

「交換条件だと……雇われたわけじゃないのなら、まだ交渉の余地はあるってことだな。どうだ、話だけでも聞いてみないか、お前たちに損はさせないが」

「野盗と交渉なんてしないよ。大人しく捕まりな！」

野盗の提案にアリュナが間髪容れずにそう言い切った。

「ふっ、悪いが捕まるわけにはいかない。だから交渉に応じる気がないなら死ぬまで戦うまでだ」

そう言いながら獅子の魔導機は剣を構えて戦う姿勢を見せた。

「アリュナ、ちょっと待って。話だけでも聞いてみよう。捕まえるのはその後でもできるから」

街の評判とか聞いてると普通の野盗とは違うような気がしていたので、彼の話が気になった。俺がそう言うと、獅子の魔導機は戦闘態勢を緩める。

「魔導機に乗ってするような話でもなかろう。できれば降りて話がしたいのだが良いか」

「いいけど降りるのは俺ともう一人だけだ。何かあったら困るから他の仲間にはそのまま魔導機で待機してもらう」

「それで構わない。私の部下たちも後ろに下がらせよう」

獅子の魔導機から降りてきたのは、ジャンの情報通りに獅子の仮面をかぶった人物だった。相手が魔導機から降りるのと、野盗が周りから下がるのを確認すると、俺とアリュナが話を聞くために魔導機から降りた。

「まずは礼を言おう。こちらの主張を述べる機会を与えてくれてありがとう」

「味方の魔導機をほとんど破壊した相手に丁寧なこったね」

嫌味のように言うアリュナの言葉に、獅子の仮面は怒りもせず冷静な態度を崩さない。

「魔導機などより大切な話だと私は思っているのでな」

「そんな大事な話をなぜ俺たち傭兵にするんだ」

「そうしないと私は君たちに捕まってしまうだろ。戦闘を見たがとても私たちに勝てる相手ではないようなのでな」

「なるほどね、余裕なセリフはフェイクってことかい」

「弱みを見せては話し合いにも持っていけないだろうからね。悪いが騙させてもらったよ」

獅子の仮面の男の表情は見えないので、わからないはずだが、彼はこの時、少し微笑んでいるように感じた。

獅子王と呼ばれている野盗のリーダーは、静かに話し始めた——

獅子王の話はこんな内容であった。昔、この辺りはシュットガル王国という小さな国であった。だが、自らの領土を拡大したいと考えていた若く野心家であったメルタリアのホロメル公爵の策略と侵略により、二十年前、王は殺され。若く美しかった妃はメルタリアの人質となり囚われの身となった。

妃はやがて、その美貌に惚れたメルタリアのカロン公爵の必死の求婚に応え、その妻となり二人の子を授かる。しかし、今から数年前、そんな妃も病に倒れ亡くなったという話である。

「興味深い話だけど、その昔話が私たちに何の関係があるんだい？」

アリュナの疑問に、獅子王はこう話を続ける。

「その妃はシュットガルの民に慕われていた。それは国がなくなり、妃が他の国の貴族の妻になっても変わらなかった。妃の方もそんな民たちを愛し、ずっと気にかけていたんだよ。そんな妃が亡くなる前に息子にこんな言葉を残した。旧シュットガルの民が圧政に苦しんでいる。なんとかならないだろうかと」

それを聞いたアリュナが何かに気がついたのかこう言った。

「そういうことかい。あんたシュットガル妃の忘れ形見だね」

「私が誰かはご想像に任せる。しかし、圧政に苦しむこの地の民を放っておけない者だと思ってもらって結構だ」

「話はわかった。あなたたちが普通の野盗じゃないのも理解した。だけど、俺たちは依頼主を裏切るわけにもいかないし、そのためにはこの地の野盗を殲滅する必要がある。悪いけどこのままあなたたちを見逃すわけにはいかない」

「なるほど、ならばどうするのだ。やはり私を捕まえるか」

「そうだな、獅子王。貴方は死んだ振りをしてくれないか？　野盗は殲滅した。あなたたちは俺たちに倒された。そうしてくれれば問題ないんだけど」

ホロメル公爵より、獅子王の方が好感が持てたのもあり、俺はそう提案していた。俺たちにとってはユーディンに投票が入ればいいだけで、別に彼らを殲滅するのが目的ではないのも理由である。

「差し支えなければ、君たちがホロメル公爵に肩入れしている理由を教えてもらえないか」

「俺たちの雇い主はリンネカルロだ。もうすぐ、ユーディンとムスヒムとの間で王位継承の投票があるのだけど、ユーディンに投票する交換条件が野盗の討伐なんだよ」

「……わかった。私たちは死んだ振りをしよう。だが、一つだけ頼みを聞いてもらえないか」

「頼み？」

「そうだ。私とユーディン王子で話をする機会を作って欲しい。リンネカルロ王女と繋がりがあるのなら可能だろ」

「ちょっと待て、そんなことして俺たちに何のメリットがあるんだ。見逃した上に依頼主に無理なお願いするなんて割りに合わないぞ」

「まず、ささやかな礼に二億支払おう。それともう一つ、王位継承の投票、カロン公爵の票を約束しよう」

そういえばカロン公爵って聞いたことあると思ったが、今回の王位継承の投票をする一人だ。その票を約束するってことはやっぱり獅子王がシュットガル妃の忘れ形見ってのは正解みたいだな。

「悪かないね。どうする勇太、票の話が本当ならリンネカルロも納得すると思うけど」

「そうだな、その話受けるよ」

「その判断、後悔はさせないと約束しよう」

獅子王との話はこれでまとまった。お金も貰えるし、新しい票も約束されたし、何ともいい結果なのではないだろうか。

「しかし、野盗を殲滅したと報告するとして、あのホロメル公爵がそう簡単に信じるかね」

「あっ、それだけど俺にアイデアがあるんだ」

俺は考えていたホロメル公爵への報告方法をアリュナと獅子王に説明した。

「魔導機の頭部を持って帰るとは斬新な発想だな」

「俺の母国では、昔の戦いでそうやって手柄を示してたってのを思い出したんだよ」

「どう思うかはわからないけど、討伐した証拠にはなるかもね」

「いいだろう。魔導機の頭部で証拠になるならいくらでも持っていってくれ」

俺たちは野盗の全ての魔導機の頭部を切断して、残酷な感じを演出するためにそれを槍に串刺しにして持ち帰った。

獅子王は俺たちに払うお金の準備と、ユーディンとの面会のために同行することになった。

「あんたいつまでそんな仮面付けてるんだい」

ライドキャリアに戻り、一息ついた時にアリュナが獅子王にそう指摘した。

「ふっ、そうだな。もう意味もなかろう」

そう言って獅子王は仮面を取った。

「テ、テセウス公子！」

どうやらアーサーは獅子王の正体を知っているようでそう声をあげた。

「カロン公爵の嫡子、テセウスです。どうぞよろしく」

テセウスは色男のアーサーにも負けぬほどの美男子で、威厳がある分テセウスの方がモテそうであった。

俺たちはホロメル公爵の屋敷に凱旋する時、わざと目立つように魔導機で隊列を組み、野盗の魔導機の頭部を刺した槍を掲げて帰ってきた。

「ホロメル公爵。お約束通り、野盗の首を取ってまいりました」

屋敷の庭に頭部を並べて、そう報告した。

「た、確かに野盗の魔導機の頭部のようだな。しかし、なぜ頭だけなのだ、胴体や、中に乗っていた野盗のライダーはどうしたのだ」

「申し訳ありません。激しい戦闘でしたので野盗は皆殺しにしました。我々無双鉄騎団は敵に容赦しませんので。敵機の胴体全ては我々のライドキャリアでは運ぶことができませんでしたので、こうして頭部のみ持ち帰った次第です」

「そ、そうか。まあ、大儀であった。これでこの領地も平和になろう」

「お約束、忘れなきようお願いします」

「わかっておる。王位継承の投票ではユーディンに票を入れると約束しよう」

これで任務完了である。ホロメル公爵から祝勝会の誘いがあったが、本当は野盗を殲滅していない後ろめたさと、ライドキャリアにテセウス公子を待たせていることもあり丁重に断った。

「さて、うまくいったな。それでは王都へと戻るとしよう」

「あっ、すまない。王都に戻る前にお金を用意するので私の実家に寄ってもらえるか？　少し遠回りだがそれほど手間はかけさせないので」

テセウス公子の願いに、ライドキャリアを操縦するジャンがニコニコとした表情でこう言った。

「へへへっ、お金を貰えるならいくらでも寄り道するぜ」

ささやかな礼金の話を聞いたジャンはご機嫌で、テセウスを客人として見ていた。なんともお金の好きな奴だ。


テセウス公子の実家があるカロン公爵領には、数時間ほどの寄り道で到着した。テセウスはカロン公爵の屋敷に到着すると、少し待っててくれと言った。だけど、ジャンはそのまま逃げられるのが心配なのか、こう言う。

「俺と勇太もついていくぜ」

テセウスはその言葉に特に嫌がる素振りも見せず了承した。


「テセウス、しばらく見なかったがどこに行っていたんだ」

屋敷の中でそう声をかけてきたのは、白髪で威厳のある、まさに貴族という風貌の中年紳士であった。

「父上。少し社会勉強にと国を回っておりました」

「そうか、お前のやることなら間違いないと思うが……おや、そこにいる者たちは誰だ？」

「はい。こちらは最近友人になった者たちで凄腕のライダーにございます」

「ほほう、凄腕のライダーか。それほどの者ならカロン家に仕官してもらいたいものだな」

「父上、私の友人を取らないでくださいよ」

「ハハハッ、冗談だよ。まあゆっくりしていきなさい」

そう言って中年紳士は屋敷の奥へと歩いていった。あれがカロン公爵、凄く気の良さそうな人物だな。


「約束のささやかな礼だ、受け取ってくれ」

テセウスは自室に入ると大きな袋を持ってきて、それをジャンに渡した。

「へへへッ、気前のいい男は好きだぜ」

「それより、ユーディン王子との面会の件、よろしく頼むよ」

「ちょっと気になったんだけど、テセウスほどの地位の人間だったら、自分の力でユーディンに面会することは可能なんじゃないのか？」

俺が素直な疑問を言うと、テセウスは微妙な表情でこう答えた。

「私がユーディンに近づくのは色々問題なのでな……」

「問題って？」

「ムスヒム王子は私の義理の弟だぞ。あとは察してくれ」

なるほど、複雑な人間関係があるんだな。

「旅立つ前に、裏庭に寄っていいか」

「どうするんだ」

「ちょっと久しぶりの帰宅なので挨拶にな」

裏庭の一角に立派な石碑が立てられていた。テセウスはその前に立つと静かに目を閉じる。

「母上……もう少しお待ちください。必ずシュットガルの民は私が救ってみせます」

どうやらテセウスのお母さんのお墓のようだ。彼の表情は悲しみと決意に満ち溢れていた。


すぐに出発して王宮に戻る予定だったけど、カロン公爵がどうしてもと言うので、その日はカロン公爵邸で宿泊することになった。

「テセウスが友人を連れてくるとは本当に珍しい。ささやかだが食事を用意した。存分に楽しんでいってくれ」

カロン公爵の表情は本当に嬉しそうだった。テセウスに友人が少ないのを気にしていたのかもしれない。

カロン公爵はささやかとか言っていたけど、目の前に並んでいる料理は豪華絢爛、見たこともないほど高級感に溢れていた。

「すっご～い！　ナナミ、こんなの初めて見た」

「私も初めて……」

奴隷だったナナミは当然としても、裕福な家庭で育ったファルマも初めて見るような豪華な食事に全員のテンションがあがる。

「ありゃ年代物のワインだな。それがミネラルウォーターのように大量に置いてあるぞ」

「あっちのは、最高級のブランデーだね。あの一本で小さい家が買えるわよ」

ジャンやアリュナはお酒に目がいっているようだ。よくわからないけど、かなり高価なお酒みたいだ。

「さぁ、遠慮せずに食べてくれ。気に入ったものがあれば追加でどんどん作らせるから言ってくれ」

いや、今並べられているものだけでかなりの量だ。俺は出された食事は残さず食べなさいと教えられてきているので、食べきれるかが心配だ。

しかし、心配無用とばかりに、豪華な料理は次々に無双鉄騎団の胃袋へと消えていく。みんな高級料理は別腹とばかりに、いつもより食欲旺盛だ。特にロルゴはその巨体をいかんなく発揮して、大食い大会にでも出ているのかと思うほどの食べっぷりを見せていた。

「おで……これ……もっと欲しい」

給仕の方がそれを聞いて、急いで厨房(ちゅうぼう)に走る。給仕は俺たち各々に一人付いてくれている。ロルゴ担当のあの給仕の人は大変だろうな……。

「勇太、このブランデー最高よ。ほら、ちょっと飲みなよ」

アリュナが俺の首に手を回して強引に顔を豊満な胸へと持ってくる。むにゅり、と柔らかい胸の感触は嬉しいのだが、やはり俺には刺激が強い。顔を真っ赤にしながら抵抗する。

「いや、だからお酒は好きじゃないんだって！」

「最初はみんなそう言うのよ。いいから一口飲んでみなさいよ」

アリュナは、そう言いながら胸に顔を押し付ける。嫌じゃないんだ。嫌じゃないんだけど……。

「こら、アリュナ。嫌がってるのに無理やり飲ませる必要はないでしょう」

困っている俺を見かねたのかエミナがアリュナにそう注意する。

「あら、あなたの目は節穴？　どこが嫌がってるのよ」

「――確かに喜んでいる節もありますけど、困っているのは間違いないでしょう。今は客として招かれている席、少し控えた方がいいんじゃないかしら」

「エミナ、勇太のこと、ずいぶん気にするようになったわね。もしかして、惚れたのかい？」

「ちっ、違うわよ」

「なら、いいけど、勇太は私のものだから手を出しちゃダメよ」

アリュナの言葉をナナミがすぐに訂正する。

「違うよ。アリュナが勇太のものでしょ」

「そんなのもうどっちでもいいわよ」

「よくないよ！」

アリュナは、エミナとナナミの二人を相手に、何がゴールかわからない言い合いを始めた。

食事が終わると、テセウスは俺たちが宿泊する別邸へと案内してくれた。これは本邸で宿泊されるのが嫌というわけではなく、別邸は元々ゲストハウスになっていて、客人をもてなす設備が揃っているという理由からである。

「露天風呂もあるのかよ」

「お風呂は複数あります。サウナなどもありますからゆっくりしてください」

サウナか、リンネカルロとの勝負を思い出すな。

ジャンはアーサーとロルゴを連れてサウナのある大浴場へと向かった。俺も誘われたけど、今日はサウナの気分ではなかったので断った。

露天風呂にでも入ろうと思っていたけど、そこは女性陣に占拠されていたので、俺は一人寂しく、大きな壺に薬草を浸している壺風呂へとやってきた。

ふぅ～温泉じゃないようだけど、薬草の刺激と香りが疲れを癒してくれる。壺風呂の大きさも一人で入るには丁度よく、誰にも気兼ねせず堪能できるのが良い感じだ。

「ゆ、勇太！」

不意に横から声をかけられた。暖簾のような布切れで仕切りがあったので気がつかなかったけど、壺風呂は二つ並んで置かれていた。そして隣の壺風呂には先客がいたようだ。

暖簾の隙間から覗く顔はファルマのようだ。彼女は顔を真っ赤にして俺を見ている。

「あれ、ファルマ。露天風呂に入ってたんじゃないのか？」

「うん、そうだけど、やっぱりこの体をみんなに見せるのが恥ずかしくて……」

ファルマはまだ獣人化した体を見られるのは嫌なようだ。気持ちはわかるけど、ナナミやアリュナがそんなの気にするとは思えないけどな。

「こんな機会もあまりないだろうから、一緒に壺風呂を堪能するか」

俺がファルマにそう提案すると、彼女はちょっと恥ずかしそうに頷いた。

何も言わなかったけど、ファルマは話しやすいようにと思ったのか暖簾を横にどけて仕切りをなくした。

壺風呂の中に肩まで浸かっているので見えないけど、ファルマはタオルで隠すこともなく全裸で湯船に入っている。あまり見ちゃいけないと目線を庭の方へと向けた。

「勇太、やっぱり私の体、醜い？」

「え！　いや、そんなことあるわけないだろう」

「だったらどうしてこっちを見ないの？」

「醜くないからに決まってるだろ。女の子がお風呂に入っているのを覗き見するほどゲスじゃない」

「勇太だったら別に見られてもいいのに」

その言葉にドキッとする。俺のことを家族として見てくれているからそんなことを言ってくれているのだと思う。俺もファルマを妹のように思っているが、入浴シーンを凝視するのは違うような気がした。

「勇太、私……勇太とナナミが私の家に来たばっかりの時みたいに、また、三人で楽しく暮らしたいな……」

しばしの沈黙の後、ファルマが不意に真面目なトーンでそう言ってきた。

「今の生活が嫌なのか？」

「嫌じゃないけど、やっぱりあの時が一番幸せだったと思ってるのかな……あの時はお父さんも生きていたし……」

ファルマにとって、お父さんが生きていて、俺たちと楽しく過ごしたあの時の思い出が大きく膨らんでいるようだ。今でも俺とナナミとは一緒にいるから、やっぱりお父さんの存在が大きかったのだろう。普段は、俺たちに気を使ってか、そういう辛い気持ちは話さないファルマだけど、やっぱり本心ではお父さんの存在が大きく残っているようだ。

「ずっるい！　どうして、ファルマと勇太で楽しそうにお風呂に入ってるのよ！」

ナナミがいきなりやってきて文句を言ってきた。さらにアリュナもそれに参加する。

「そんな狭い風呂に入ってないで、あっちの広い方へ行こう。私のいろんなところ、いっぱい見せてあげるわよ」

二人はタオル一枚で辛うじて体を隠している状態である。ちょっとずれただけで見えてしまうのに激しく動く。

「わかったから、そんなに引っ張るなよ」

こりゃ何を言っても無駄だ。諦めて風呂を移動することになった。

「ファルマもほら、あっちに行くよ」

「そうだよ、ファルマ。みんなで入った方が楽しいよ」

ナナミとアリュナに強引にファルマも移動させられる。それを見てわかったのだけど、ナナミとアリュナは最初からファルマを誘いに来ただけのようだ。そこに俺がいたから場を和ますのに利用したのかもしれない。

連れてこられた露天風呂は全員が入ってもゆったりできるくらい広かった。

「ちょっと！　どうして勇太も連れてくるのよ！」

露天風呂でリラックスしていたエミナが、俺の姿を見て体を隠す。そりゃファルマだけが来ると思ってただろうから驚くよな。

そこにはライザもいたけど、彼女は俺のことを気にすることもなくマイペースに風呂を堪能していた。俺もライザを見習い、女性ばかりの風呂に男一人でいる異様な状況を気にしないようにしながら湯船に入る。それを見て、アリュナ、ナナミ、ファルマも追いかけるように湯へ入ってきた。

「こら、アリュナ！　タオルを取るな！」

アリュナは自分の体に巻いていたタオルを豪快に取った。手で体を隠すこともしないので完全に見えてしまっている。俺は自分の視界を手で覆って見ないようにした。

「あら、どうして？　見てもいいんだよ。ほら、何なら触ってみる？」

「アリュナ、下品！」

「なによ、ナナミ。自分に見せるほどの立派なモノがないからって、下品とは言ってくれるわね」

「あるもん！　ナナミにだって見せるものあるもの！」

また不毛な言い合いが始まった。これに巻き込まれてはダメだ。俺は聞かない振りをしてゆっく

りと二人から離れた。

「あなたも大変ね……」

エミナがしみじみそう言う。確かに大変だが、楽しいと思う気持ちもある。冷静に考えると、女性に囲まれて風呂に入れるって男としては最高の幸せなんじゃないかと思った。

カロン公爵邸のゲストルームのベッドは最高であった。かなりの安眠をもたらしてくれた。朝には豪華な朝食もいただき、俺たちはカロン公爵邸を後にした。

五章　王位投票

ライドキャリアで半日ほどの移動で王宮へと戻ってきた。その日のうちに、リンネカルロを訪ねて話をする。

「早かったですわね。それで首尾はどうでしたか」

「問題ねえ、ちゃんとホロメル公爵にユーディンに票を入れると約束させてきたぜ」

「それはご苦労さま。こちらも順調に二人の公爵の説得に成功していますわよ。後は投票日を待つだけですわね」

「それでリンネカルロ、ちょっとお願いがあるんだけど」

「私にお願いですか？　まあ、いいですわ。言ってみなさい」

「ユーディンと話がしたいという人物がいるんだけど、お願いできないかな」

「ユーディンと……誰ですかそれは？　あまり変な輩を王太子のユーディンに近づけるのは無理ですわよ」

「いや、相手は多分、リンネカルロも知ってる人物なんだ。悪い奴じゃないと思うし、リンネカルロに利益がある話だから」

「そこまで言うなら話す機会を作るくらいならいいですけど、一体誰なのですの？」

「本人が会うまで黙っててくれって言うからそれは言えない」

「わかりました。あなた方を信用しましょう。それでユーディンをどこに連れていけば良いのかしら」

「相手は俺たちのライドキャリアで待ってるからそこにしよう。あと、あまり目立たないように来て欲しいそうだ」

「いいでしょう。それでは今晩、ユーディンと一緒にライドキャリアを訪ねましょう」

これでテセウスの約束は果たすことができそうだ。後は当人同士、何を話すかわからないけど、なるようになるだろ。

その日の夜、約束通りリンネカルロとユーディンがライドキャリアを訪ねてきた。アーサーは余計なことを喋るといけないのでそれまでテセウスと一緒にライドキャリアに留まってもらっていた。

「なるほど、密会の相手はあなたでしたの」

「久しぶりですリンネカルロ王女。そして王太子ユーディン」

「テセウス公子、まさかあなたが待っているとは思いませんでした」

「ユーディン王太子、来ていただきありがとうございます」

「早速ですが、テセウス。話とはなんなのですの」

リンネカルロがいきなり本題に入る。

「はい。実はユーディン王太子にお願いがございまして、こんな場を用意していただいた次第です」

「お願い……今の僕にテセウス公子のためにできることなどありますか」

「今のあなたではありません。王になったあなたにお願いしたい」

「カロン公爵の嫡子が……いえ、ムスヒム王子の義兄が言う言葉とは思えませんが」

「私の願いは、メルタリア全土の税率の一律化と、領民に対する迫害禁止令の発令にございます」

「なるほど、そうですか……確かに領地によっては民への扱いが酷いと聞いたことがあります」

「はい。ホロメル公爵領は特に酷く、税率八割、ホロメル公爵への無償の奉仕義務、他領内への移動の禁止。これは領主として、いや、人として許されるものじゃありません」

「しかし、どうしてそれを僕に願うのですか？　あなたならムスヒム王子に言うことも可能だと思いますが」

「あのムスヒムがこの提案に同意すると思いますか？」

「確かにそうですね。我が兄ながら彼には民を思う心がありませんから……わかりました。僕が王になったら、税率の一律化、民への迫害禁止令の発令をお約束します」

「ありがとうございます！　これで私も心置きなく父上を説得できます」

「説得とはどういうことですか」

「カロン公爵の票は、ユーディン王太子に入れるように父を説得いたします」

「それは願ってもないことですが、良いのですか？」

「はい。私はあなたに王になっていただきたいと思っていますので、ご心配なさらないでください」

　王太子と公子の密会はお互いに納得する内容で終わったようで、最後にはお互い握手して終了した。テセウス公子は親であるカロン公爵を説得するためにまた家へと戻ることになった。

「それにしてもホロメル公爵の票だけでなく、カロン公爵の票まで取ってくるなんてお手柄ですわよ」

「はっ、お褒めの言葉ありがたく頂戴します！」

「アーサー、あなたに言ってるんじゃないわよ。勇太、いえ無双鉄騎団、よくやってくれました」

「そんなに褒めるなら、ボーナスとか出ねえのか。言葉よりその方が嬉しいんだけどよ」

ジャンらしくリンネカルロにそう返す。

「そうね。これでユーディンが無事、王座につくことができたら考えますわ」

こうして、王位の投票ではユーディンが一歩リードする形になり、後は当日の結果を待つばかりとなった。このまま何事もなく終わればいいんだけど……。

◆

同盟締結の署名では、エモウ王とマジュニさんでかなり激しい言い合いになったが、ラネルの「いい大人が子供みたいな喧嘩しないの」という言葉で落ち着きを取り戻し、無事に同盟締結の署名が完了した。

「まさかあの偏屈者が、アムリアと同盟することを了承するとはな」

「全部、渚のおかげよ。ちゃんとお礼言いなさいよ、お父さん」

「そうか、ありがとう、渚」

「いえ、私は何も……」

「これで東部諸国連合も安泰だろう」

「でも、エモウ王が言うにはその東部諸国連合の中に、裏切っている国があるらしいからね。安心はできないと思うわよ」

「裏切っている国ね……そんなことして何の利益があるのか。まあ、帰ったらベダ卿あたりに相談してみよう」

私たちは一度アムリアに帰還していたのだけど、その途中、とある山奥でそれは起こった。

「敵襲！　正体不明の魔導機が接近しています！」

見張りをしていた兵がそう大きな声で警告する。

「敵襲って、ここは東部諸国連合の勢力圏内よ！　どこの国の魔導機なのよ！」

「国家マークもなく、所属はわかりません！　敵の数は二十前後です！」

「仕方ないわね、迎撃します！　渚、ごめん初陣になりそうよ」

「ええ!?　嘘でしょう!?」

まさか私が本当に戦うことになるなんて……戦争なんてしたくないよ……勇太……私どうしたらいいの……。

「すでに『ラスベラ』『イダンテ』『バシム』の準備はできています！」

「『レアール』はどうしたの!?」

「すみません、丁度オーバーホール中でしたので……」

「ごめん、渚、初陣に付き合えないみたい。ジードとデルファンから離れないでね」

「うん、わかってる」

私とジードとデルファンは、ライドキャリアのハッチが開くとすぐに出撃した。

「相手は二十機前後、俺たちよりかなり数が多いからなるべく固まって戦うぞ」

ジードの言葉に私とデルファンは同意する。

「きたぞ！　渚、無理はするな」

最初に襲ってきたのは五機編成の部隊で、五機とも剣と盾を装備している。

ジードの魔導機『イダンテ』の武器は長い剣で、それを突くようにして突撃してきた敵機を攻撃した。敵機はジードの攻撃を盾で防ぐと、剣で応戦する。

デルファンの魔導機『バシム』の武器は大きな斧で、大きく振りかぶると敵機を真上から叩きつけるように殴打した。敵機はその強力な攻撃を盾を掲げるように防ぐ。しかし、威力が強く、両膝を折るように崩れる。崩れた敵に対して、斧を野球のバットのように振りかぶって首元に斧を突き立てた。敵機はバシュバシュと音を立てながら力なくその場に倒れる。

私に向かって二機の敵機が襲いかかってきた。

「渚！」

ジードとデルファンが注意の声をかけるが彼らは敵と応戦中で動けない。もう戦うしかないよね。

私は道場での練習を思い出す――幼い頃から父から教わった合気道、指導熱心な父は娘に容赦なく、お陰様でこの年で有段者の腕前にまで成長している。

遅い、練習での父の動きに比べたら亀と燕ほどの差がある。こんなの目を瞑っていても避けられる。剣で攻撃してきた敵機の攻撃を体を捻って避けると、相手の勢いを利用して首元に手をかけ、そのまま地面に叩きつけた。合気道の練習では相手に怪我をさせないように受け身を取りやすい感じで倒すのだけど、転倒のダメージがそのまま体に残るタイミングで叩きつけたので、敵機はそのまま全身から煙のような気体を噴出させて動かなくなった。

流れるような動きでもう一機の敵の攻撃を避けると、腕を取り、敵機を振り回すように回転させ、その勢いを利用して肘で頭部を殴打する。回転の力も加わり、敵機の頭部は無残にも吹き飛んだ。

「な、渚、すげー……」

私の戦い方を見て、ジードが感嘆の声をあげる。

「ジード、次の敵が来てる！」

ボーッとするジードにデルファンが注意する。

次は敵の本隊のようで、十機以上もいる。私は腰に付けている太刀を抜くと中段の構えで体を静止させる。

「ジード、デルファン後ろに下がって」

味方がいると動きにくいと考え、二人を後ろに下がらせた。敵機は私の『ラスベラ』に向かって襲いかかってくる。

あまり知られていないけど、合気道には武器を使った技がいくつもある。特に私は太刀技が得意で、あの厳しい父も、渚は太刀技だけなら俺より強いとお墨付きをくれたことがある。

私は目を閉じて心を落ち着かせる。意識を研ぎ澄まし、敵の攻撃に集中する。何故（なぜ）だろう……『ラスベラ』の中にいると集中しやすい。意識がどんどん心の中核に向かって進んでいく。気持ちいい……フワフワと体が浮いていくようだ。

「なんだ！　渚の『ラスベラ』から青白いオーラが！　おい、デルファン！　あれはなんだ!?」

「俺にもわからん！」

二人の会話は聞こえるが気にならない。すでに私はある種のゾーンに入っていた。

一斉に襲いかかる敵機に対して体が勝手に反応する。しかも驚くほどの速さで、的確にカウンターを繰り出していた。

一機、二機、三機……――一撃で一機を確実に倒す。四機、五機、六機……何も考える必要はなかった、私の中の何かが、勝手に敵を倒していく。七機、八機、九機……そこで敵の攻撃は止まった。

見ると残りの敵機は、来た方向へと逃げていた。

◆

いよいよ王位継承の投票日となった。俺とアリュナ、ジャンは王族警護の名の下にリンネカルロに同行する。

王位投票の場には、投票者以外にも、立会人として十人ほどの国の重要人物が参加していた。

「カロン公爵がまだ来ていないですが、時間です。投票を始めましょう」

場を仕切る宰相のブロアがそう言う。

「ちょっと待ちなさい。全員揃ってからでも良いでしょう」

テセウスとの約束があるので、カロン公爵の票を期待しているリンネカルロがそう抗議する。

「何もカロン公爵の票を無効にするとは言っていないだろ。後から来ても投票させるからもう始めよう」

ムスヒムにとっても義理の父の票を確実視しているのでカロン公爵の票を無効にするとは言わないようだ。

「わかりましたわ、それなら良いでしょう。始めて頂戴」

投票は順番に、ユーディンとムスヒムの名が書かれた札の下に、投票者の名が書かれた札を置いていく方法で進めることになった。最初に投票するのは第二王子のビルデロだ。

「ユーディンみたいな貧弱な王など必要ない！　これからこの国に必要なのは絶対的な支配者だ。俺はムスヒムに投票する！」

そう言ってムスヒムの札の下に、自分の札を並べた。

次に投票するのは第一王女のリヒリアである。リンネカルロのお姉さんだと思うけど全然似ていない。清楚で大人しい感じの大人の女性であった。彼女は札の前に来るとこう言う。

「私は国に平和をもたらす王を推薦します。ユーディンこそ次の王に相応しいでしょう」

そう言いながらゆっくりとユーディンの札の下に自分の札を置く。

次は第二王女リンディルが前に進む。彼女はヘラヘラと笑いながら札の前まで歩みを進めた。

「私は自由を！　楽しい人生を！　ユーディンの治める国は窮屈そうでダメね。ですからムスヒムに入れるわ」

そう言いながら乱暴な感じにムスヒムの札の下に自分の札を置いた。

次はリンネカルロの番である。彼女は札の前に進むとこう言い放った。

「ムスヒムには人の心がありませんわ。国を治める者には民の気持ちを理解できる人物を！　私はユーディンに投票します」

そう言ってユーディンの札の下に自分の札を置いた。

ここまでの展開は予想通りで、ムスヒムもリンネカルロも表情に余裕が見える。

ここから公爵たちの投票となる。一番最初に場を仕切っている宰相のブロアが前に出た。

「私から投票させてもらいます。強い国、より大きな国へと発展するにはその力のある指導力こそ必要かと——私はムスヒム王子こそ王に相応しいと考えます」

そう言って自分の札をムスヒムの名の下に置いた。

宰相ブロアに続いて、レイデマルト公爵が前に出る。

「どちらに投票するか悩みましたが、やはりユーディン王子の人柄が王に相応しいかと思います」

レイデマルト公爵はどうやら中立に近い位置だったようで、ムスヒムに睨(にら)まれている。その視線を気にしながらユーディンの名の下へ自分の札を置いた。

レイデマルト公爵が下がると、バレルマ公爵が前へ出てきた。

「私は、やはり王太子が王位を継ぐものだと考えますのでユーディン王太子へ一票入れさせてもらいます」

堂々とユーディンの名の下へ自分の札を置いた。これでユーディン王太子に四票と王手である。

残るはホロメル公爵とカロン公爵だ。二人ともこちらへの票の可能性が高いので勝利が見えてきた。

ニヤニヤしながらホロメル公爵が前へ出る。その顔を見た瞬間、嫌な感じがした。もしかしてあの守銭奴、変なこと考えてるんじゃないだろうな。

「いや～悩みに悩んだ末、やはり国を豊かにする者が王になるべきだと考えた。その者の名はムスヒムだ。ユーディンなどではない！　よってワシはムスヒム王子に票を入れる」

やっぱりあいつ、直前で裏切りやがったな！　リンネカルロやアーサーも渋い顔をしている。やばい、票数が並んだ。残るはカロン公爵だけど……テセウスがうまく説得できていればいいけど。

「ハハハハッ！　これで勝敗はついたな！　俺が次の王だ！」

ムスヒムは大きな笑い声をあげながらそう宣言する。

「まだカロン公爵の票が決まっていないですわ！」

「ふっ、決まっているんだよ。カロン公爵はすでに俺に入れると約束しているのだ」

「えっ！　まさかそんな……だ、だけど直前で考えが変わるかもしれないですわよ！」

「おいおい。カロン公爵の性格はわかっているはずだぞ。彼は一度口にした約束は必ず守る男だ、どんなことがあっても必ず俺に投票する！」

確かに一度会っただけだけど、約束を破るような人物には見えなかった。そんな彼がムスヒムに投票すると約束している。これではいくらテセウスが説得しても難しいように思えた。

「カロン公爵様がいらっしゃいました！」

衛兵がそう報告してくる。ムスヒム陣営も、ユーディン陣営も部屋の扉を見つめる。そして扉が開かれ、カロン公爵……いや、そこに現れたのはテセウス公子であった。

「テセウス、貴様がどうしてこの場に来るのだ！　父上は、カロン公爵はどうした！」

ムスヒムがそうテセウスに声をかける。

「今日から私がカロン公爵です、ムスヒム王子」

「な、何を馬鹿な！」

「これが正式な家督相続の証明書です。父上のサインもありますので確認ください」

まさかの展開にその場がざわつく。ムスヒムはその証明書を確認して顔色を変える……。

「くっ、まあ良い。誰であろうと俺に票を入れるのなら問題ない」

「残念ですが、私は自分の意志で投票をする権利がある」

「なんだと！　俺はお前の義弟だぞ！　しかも父上とは約束もしている！　なのに貴様は！」

「残念ですが父上の約束を私が守る必要はありません。私は私の考えで票を入れさせていただきます」

そう言ってテセウスはムスヒムとユーディンの札の前へと進む――

「私は誠実な政治！　公正な国事を行う王に票を入れる！」

テセウスは力強くそう言うと、ユーディンの札の下に、自分の札を置いた。

「馬鹿な！　そんなことあるわけない！　テセウス！　貴様、許さんぞ！」

それを見てムスヒムが大きな声で怒りを露にする。

「ムスヒム兄さん！　これは正当な投票結果ですわよ。王位継承はユーディンに決まりですわ！」

「五月蠅い！　ユーディンなどに王がつとまるわけなかろう！　俺しかいないんだ！　王になるのは俺しか考えられん！」

「ムスヒム王子、これまでです。ここは負けを認め、ユーディン王太子の王位継承をお認めに……グフッ！　お……王子……何を！」

ヒステリックになったムスヒムを諫めていた宰相のブロアの腹を、ムスヒムはあろうことか剣で貫いた。

「貴様が不甲斐ないからこんな結果になったのだろうが！　何が負けを認めろだ！　俺は誰にも負けてない！　俺は王になるんだ！　こんな投票など無効だ！」

「やめなさい、ムスヒム兄さん！」

「ふっ、リンネカルロ！　俺が投票で負けた時のことを考えてないと思ったのか！」

「えっ……」

ムスヒムが合図をすると、隣の部屋で待機していたムスヒムの兵が乱入してきた。

「ユーディンを殺せ！　王になるのは俺だ！」

ムスヒムはまさかの強行手段に打って出た。ユーディンを守るようにアリュナとアーサーが前へ出る。

「ムスヒム、あなた恥ずかしくないのですか！　これは完全な反逆行為ですわよ！　逆賊になってまで王になってどうするのですか！」

「反逆……逆賊……勘違いするなよ、リンネカルロ！　まだユーディンは王ではない！　いや、永遠に王には成れないのだよ！　何故なら今日、ここで死ぬのだからな！　何をしている、さっさと殺せ！」

ムスヒムの命令に従い、兵がユーディンに襲いかかろうとする。それはアリュナとアーサーが防ぐ。それにしても実の弟を殺せとかよく平気で言えるな。

「リンネカルロ！　ここにいては危ねえ、まずは逃げることを考えた方がいいぞ！」

ジャンの警告に、リンネカルロは頷いた。

リンネカルロはユーディンを連れて部屋を飛び出す。兵がそれを阻止しようとするが、アリュナとアーサーによって剣で倒される。リンネカルロの話では顔以外取り柄がないと言っていたアーサーだが、なかなか剣の扱いも上手く、数人の兵を圧倒している。

「何してんだ勇太！　お前も早くこっちへ来い！」

ジャンに言われ、俺も急いでリンネカルロたちの後を追う。

「どうする、リンネカルロ。あの感じだと王宮の出入り口にも手を回してるぞ！」

逃げながらジャンがリンネカルロに尋ねる。

「地下に行きましょう。そこに私の『オーディン』があります」

なるほど、確かに魔導機なら包囲を突破できるかもしれない。俺たちは迫りくるムスヒムの兵を掻い潜り、地下格納庫へと向かった。

「そ、そんな……」

地下格納庫に来たリンネカルロが絶句する。そこにはリンネカルロの魔導機『オーディン』の姿がなかったからだ。

「ハハハハッ、リンネカルロ、こうなった時、お前が魔導機のあるこの格納庫に来るのは読めていたんだよ。必要ないと思ったがお前の『オーディン』は移動させてもらった」

「ムスヒム！」

ムスヒムが格納庫の上にあるスペースからこちらを見下ろしてそう説明する。

「魔導機がない自分がいかに無力か思い知りながら死ぬがいい！」

そう叫ぶと、格納庫の入り口からワラワラと魔導機が入ってきた。どこの出入り口も兵に塞がれ逃げ道はない。どうすればいいんだ。

もう逃げ道がない。どうすればいいのか困っていたが、とある魔導機の姿が目に入る。あれ？確かにリンネカルロの『オーディン』やアーサーの『セントール』はないけど、魔導機が一機置かれてるじゃないか、俺はそれをリンネカルロに伝える。

「リンネカルロ、あの魔導機は壊れてるのか？」

「えっ、ああ……あれはこの国を建国した英雄、ルザークの魔導機でこの国の国宝です。ですが残念だけど使えないですわ」

「そうなんだ、動きそうだけどな」

「起動ルーディア値が馬鹿高いのですわ。この国の歴史上あれを動かせた人間はいないです。もちろんルーディア値４８０００の私も例外ではありません」

「そうか、じゃあ無理だな」

「いや、無理じゃねえ、勇太、お前あれに乗ってみろ！」

その話を聞いていたジャンがいきなりそう言い出した。

「えっ！　ちょっと待て、話聞いてたか？　起動ルーディア値が馬鹿高い魔導機だぞ。俺が乗れるわけないだろ」

「いや、お前なら動かせる！　俺はそう信じてる！　というか、あれを動かしてこの包囲網を突破するしかもう方法がない！　意地でもあいつを動かすんだ勇太！」

「無茶苦茶言うなよ……」

「いえ、確かに得体の知れない力を持っている勇太なら……本来なら王族以外には触ることも許されない魔導機ですが、私が特別に許可しますわ。勇太、あの魔導機、『ヴィクトゥルフ』に乗りなさい！」

まあ、確かにこのままだと全員ムスヒムに捕まって、下手したら全員殺されてしまうだろう。ダメもとで動かせることに賭けるか。

俺は仕方なく魔導機『ヴィクトゥルフ』に搭乗する。もう包囲して逃げられないと思っているのか、敵は慌てず、ゆっくりとこちらに近づいてきている。

操縦席は『アルレオ』とあまり変わらないな。そういえばこの状況、ファルマの家で最初に『アルレオ』を動かした時と似ている。あの時、『アルレオ』は動いた。今回だって動くはずだ。

俺は手を揉みほぐし、祈りを込めて二つの操作球にそっと手を置いた。

「動け『ヴィクトゥルフ』‼」

気合を込めてそう叫んだ瞬間、パパパパッと周りの機器が電源が入っていくように点灯していく。そしてウィーンとモーターか何かが回るような音が響いてきた。

「よっしゃ！　いけるぞ！」

俺はすぐに操作球に動き出すようにイメージを送った。ほとんどタイムラグもなく、そのイメージはすぐに『ヴィクトゥルフ』に伝わる。ギギギっと軋む音を響かせて、ゆっくりと動き出す。その『ヴィクトゥルフ』の姿を見た仲間たちが感嘆の声をあげた。

「信じられませんわ……本当に『ヴィクトゥルフ』を動かすなんて」

「なんだよ、リンネカルロ。やっぱり無理だって思ってたのか」

「当たり前です！　『ヴィクトゥルフ』の起動ルーディア値は20万ともいわれてるんですわよ」

「に、20万だと！」

「まあ、伝承でそう言われているだけですから真偽はわかりませんけど、勇太の本当のルーディア値が常識では考えられないほど馬鹿高いのだけは間違いありませんわ」

立ち上がった俺は近づいてくる敵機を見る。伝説の機体が動き出して、敵は明らかに動揺していた。

「ま、まさか『ヴィクトゥルフ』が動くだと！　くっ、かまわん！　あんな骨董品ぶち壊してしまえ！」

「し、しかしムスヒム様、あれは国宝の……」

「俺が壊せと言っているんだ！　何か問題あるのか？」

「いえ、ありません……」

敵の数は五機。『ヴィクトゥルフ』を囲むようにゆっくりと近づいてくる。『ヴィクトゥルフ』は武器を装備していなかったので、敵機の一機を素手で殴りつけるイメージを操作球に送った。

グン――と体に強烈なGがかかり、『ヴィクトゥルフ』は急激に加速する。そして一瞬のうちに敵機に近づき、拳を叩きつけていた。

重い空気が破裂するような衝撃が起こり、殴りつけた敵機の上半身が吹き飛ぶ。両腕も頭部も粉々に粉砕され、胴体の上部も跡形もなく粉砕される。

驚くほど軽い。そして力強く感じる。明らかに『アルレオ』より動きが良いように感じた。

「ば、馬鹿な！　あれはハイランダーの機体だぞ。それを一瞬でボロボロに……くっ、ええ〜い！何をしてるか！　全員で一斉にかかれ！」

ムスヒムの号令に応えるように、残った四機の魔導機が一斉に『ヴィクトゥルフ』に襲いかかる。

俺は回転するように近づいた四機を払い除けた。自分では軽く動いたつもりであったが、『ヴィクトゥルフ』は力強い動きで、唸るように腕を振るう。

まさかのその一振りで、四機の敵機は吹き飛ばされる。バラバラと腕や頭が千切れ飛ぶ。

「ぐぐぐっ……化け物か……」

「ムスヒム様！　ここにいては危ないかと思います。後は外の魔導機部隊に任せてお引きくださ い！」

「仕方ない。必ず仕留めるように外の部隊に伝えよ！」

そう言ってムスヒムは王宮の奥へと去っていく。

敵の魔導機を一掃すると、ユーディンたちを取り囲んでいた兵を威嚇して蹴散らす。さすがに魔導機に歩兵が勝てるわけもないので、一目散に逃げ散った。

「よし、勇太。格納庫から出て、入り口の安全を確保してくれ」

「わかった。ジャンたちはどうするんだ？」

「今、アーサーが奥にあるライドホバーを取りに行ったからそれに乗って脱出する」

ライドホバーが何かわからなかったけど、多分乗り物か何かだろう。

格納庫から出ると、外では激しい戦いが繰り広げられていた。見ると戦っているのはナナミたちだった。

「ライドキャリアがムスヒムの兵に襲われたみたいだな」

ナナミたちと話がしたいけど『ヴィクトゥルフ』には言霊箱もなく、あったとしても共有していない言霊箱では通信できない。近づいて外部出力音で直接会話しないと無理であろう。

『ヴィクトゥルフ』に気がついた敵の魔導機部隊がこちらに近づいてくる。敵の数は六機、ジャンたちの乗ったライドホバーが出てくる前に片付ける必要がある。

敵機の一機が三叉の矛で攻撃してきた。それを避けると、その敵機の頭部をガシリと握り、少し力を入れるだけでグニャリと握り潰した。力なく倒れる敵機の持っていた三叉の矛を奪うと、前から剣を振って攻撃してきた敵機の胴部を貫き、きびすを返すと後ろから襲ってきていた二機の敵機に連続の突き攻撃を繰り出して破壊する。

残りの二機の敵には矛を振って斬りつける。直撃した一機はバラバラに分解され、もう一機は肩から上が吹き飛んだ。

敵機を片付けて格納庫入り口の安全を確保すると、バギーのような乗り物が格納庫から飛び出してきた。多分これがライドホバーなのだろう。見るとリンネカルロやユーディンも乗っている。

「よし、勇太。このままライドキャリアまで護衛してくれ」

「わかった。少し離れて付いてきてくれ」

俺たちのライドキャリアの周りでは、ナナミたちが襲ってくる魔導機を相手に戦っている。敵機の数はかなり多い。

ライドキャリアに近づいてすぐに、バチバチという音が俺の後方から聞こえる。後ろを振り向くと、いきなりパシッと頭部に衝撃を受ける。見ると、ボウガンの折れ曲がった矢が落ちていた。

バチバチバチとさらに音が響いて、ぼんやりとボウガンを放った魔導機の姿が現れる。それはエミナの『アルテミス』であった。

「エミナ！　違う敵じゃない！　俺だよ、勇太だって！」

「あっ……勇太なの!?　その魔導機は何？」

「話は後だ。ジャンたちが乗ったライドホバーが来るから守ってくれるか」

「わかったわ」

ライドホバーの護衛はエミナに任せて、俺はライドキャリア周りにいる敵を一掃することにした。

さっき敵から奪った三叉の矛を振り回して、ナナミの『ヴァジュラ』を取り囲んでいた敵機の部隊を殲滅すると、ナナミに話しかけた。

「ナナミ、大丈夫か！」

「えっ、勇太!?　どうしたの、その魔導機？」

「それより、ジャンたちがライドホバーでライドキャリアに向かっているから、安全を確保するためにこの辺りの敵を一掃するぞ！」

「うん、わかった」

ロルゴやファルマとも連携して、ライドキャリアの周りの敵を破壊していく。敵を殲滅した頃、ライドホバーがライドキャリアへと到着した。

ライザが気がついたのか、ライドキャリアのハッチを開き、ライドホバーを迎え入れる。

「勇太、あれ見て！　凄い数の魔導機だよ！」

ナナミが指差す方向を見ると、信じれない数の魔導機がこちらに向かってきていた。このままだとライドキャリアごと飲み込まれそうだ。

「一度撤退しよう。ナナミ、ライドキャリアのジャンに連絡して撤退するように言ってくれ！」

「うん、わかった」

俺はライドキャリアが撤退するまで敵を引きつけることにし、数えきれないほどの敵軍に向かっていく。しかし、あの数の敵とまともに戦うほど馬鹿ではない。敵軍を横切るように移動して、注意だけ俺の方へ向かわせる。

狙い通り、敵軍はこちらに向かってやってくる。その間にライドキャリアは別方向へと撤退を開始したようだ。

「勇太、ライドキャリアは撤退したよ」

ナナミがこちらに近づいてそう伝える。

「わかった、俺たちも逃げるとしよう」

追いかけてくる敵機を撃破しながら、ライドキャリアとは別方向へと向かった。

「勇太、ライドキャリアとかなり離れちゃったね」

「向こうは大丈夫なのか」

「うん、みんな無事で逃げられたみたいだよ」

「なら良かった。後は合流して今後の話をするだけだな」

俺とナナミは深い森へと逃げ込んだ。この森は背の高い木々が多く、魔導機でも十分に身を隠すことができたので追っ手から逃れることができた。

合流地点などの話をするために、ライドキャリアと連絡を取ることにした。『ヴィクトゥルフ』には言霊箱がないので、ナナミの『ヴァジュラ』から通信する。

「ジャン、みんな大丈夫か」

「おう、みんな無事だぜ。そっちはどうだ」

「問題ない。完全に敵からは逃げ切っているよ」

「そうか、なら直ぐに合流する必要もないかもな」

「えっ、どうしてだ」

「下手に動いて場所を勘ぐられるより、今日は大人しくして、合流は明日にした方が安全だろ」

「確かにそうだな、わかった、合流地点はどうするんだ」

「カロン公爵邸にしよう、リンネカルロが言うにはカロン公爵……いや元カロン公爵が協力してくれるだろうということなんでな」

「そうか、わかった。それじゃ明日カロン公爵邸に向かうよ」

明日の合流地点も決まり、話が終わったので通信を切った。

「勇太、ナナミお腹空いたよ」

「俺も腹減った。ご飯のこと考えてなかったな。街に行くわけにもいかないしどうしたものか……よし、何か食べるものを探そう」

「食べるものなんてあるかな」

「これだけの大自然だ。何かあると思うぞ」

ついでに身を隠せる場所も探しながら食べ物がないか探索する。すると岩場の間に湧き出る小さな泉を発見した。

「湧き水のようだから飲めそうだな」

「ナナミ、喉がカラカラ」

恐る恐る水を手にすくって口に運ぶ。喉の渇きもあるだろうけど、冷たくてかなり美味しく感じた。ナナミは顔を泉に突っ込んでゴクゴクと飲んでいる。息が限界になって勢いよく顔を上げた。

「ぷはっ！　生き返った！」

「あまり一気に飲むとお腹壊すぞ」

「大丈夫、ナナミのお腹は丈夫だから」

どんな根拠があるのかナナミは堂々とそう言い張った。

「しかし、この泉、水は綺麗だけど魚はいないようだな」

「そうだね。お魚さんいれば良かったのに」

泉の周りにはキノコなどが生えていたが、流石に毒が怖くて食べる気にはならない。食べられる野草などの知識もないし、どうしたものか。

「ちょっと待てよ、ナナミ、何か聞こえないか」

「えっ、何も聞こえないけど……」

「いや、これは水の流れの音だ。近くに大きな川があるのかも」

「大きな川ならお魚さんいるよね！」

「そうだな、可能性はあるかも」

俺たちは周辺を探して、綺麗な水が豊富に流れている自然豊かな川を見つけた。

「おっ、ここなら魚がいそうだな」

「絶対いるよ。ナナミ、早くお魚食べたいよ」

「よし、じゃあ、早速捕まえるか」

「でも、どうやって捕まえるの？」

「そうだな、アミも罠も釣り竿もないからな……」

どうやって魚を捕まえるか考えながら何気なく『ヴィクトゥルフ』を見て、思いついた。

「いい方法思いついたぞ、ナナミ」

「どうするの？」

「まあ見てろよ」

俺はそう言うと、『ヴィクトゥルフ』に乗り込み、川辺にあった大きな石を持ち上げた。それを川の真ん中にある大きな岩にひょいと投げてぶつけた。

ガツッと鈍い音が響いて、投げた石が砕ける。

「何してるのよ、勇太。石なんて壊して」

石を投げてしばらくすると、ぶつけた岩の周りから魚がプカプカと浮かんでくる。

「ほら、ナナミ！　早く捕まえないと流れていっちゃうぞ」

「ウソ……わわっ！」

浮かんできた魚をナナミが慌てて捕まえる。俺も『ヴィクトゥルフ』の大きな手ですくって浮いてきた魚を捕獲した。

「すっごい、よくあんな方法思いついたよね」

「俺の国に昔からある漁の方法なんだよ。確かガチンコ漁だったかな」

「勇太って物知りだよね。ナナミ、何も知らないから……」

ナナミは学ぶ機会がなかっただけだからな。やっぱりナナミにちゃんとした教育の機会を与えたいな。

「大丈夫だよ、ナナミ。これからいくらでも学べるよ」

「うん、そうだよね。ナナミもお利口さんになれるよね」


大量に捕まえた魚を木の枝に刺して調理の準備をする。それから乾いた木の枝を集めて火を起こした。そうやって作った焚き火に魚を並べて焼けるのを待つ。

「ほら、ナナミ。これはもう食べれるんじゃないか」

「ありがと、勇太」

ナナミは魚の背中の部分に思いっきりかぶりついた。

「美味しい！　凄く美味しいよ」

「よし、俺も食べてみよう」

ちょっと塩気がなかったけど、確かに脂が乗っていてかなり美味しかった。かなりの数を捕まえたはずだったけど、俺とナナミであっという間に平らげてしまった。

▽

王宮から撤退した俺たちは、カロン公爵邸へと向かっていた。俺たちを逃すために囮になった勇太たちとの通信を終えて、一息ついているとリンネカルロが俺に話しかけてくる。

「ジャン。勇太たちは大丈夫ですの？」

「なんだよ、リンネカルロ。勇太が心配なのか」

「ち……違いますわよ。勇太は、今、メルタリアの国宝に乗っているのですよ。国宝の『ヴィクトゥルフ』が心配なだけですわ」

「へいへい、そう言うことにしといてやるよ」

「ほ、本当ですからね！　それにあの勇太がムスヒムの兵如きに後れを取るとは思えませんから心配などしてませんわ」

「お前の勇太への評価は相当高いみたいだな」

「それはそうですわ。何しろ勇太は私に勝利、いえ、引き分けた唯一のライダーですから」

「天下十二傑にそこまで言わせたら、たいしたもんだな」

「勇太たちは心配ないと思うけど、ユーディンに投票したテセウスやリンネカルロのお姉さんは大丈夫なのかい？　酷い目にあってないだろうね」

アリュナの言うようにあのムスヒムのことだ、何をするか予想できねえからな。まさか殺すまではしねえと思うけど……。

「さすがのムスヒムも、むやみやたらと王族や上級貴族に危害は加えないと思いますわ。まあ、拘束くらいはされてるでしょうけどね」

その日の夜には、俺たちはカロン公爵邸へと到着した。カロン元公爵は嫌な顔一つせずにユーディンたちを迎え入れる。

「これは、これはリンネカルロ王女！　それにユーディン王太子！　ようこそ我が屋敷へおいでくださった」

「カロン公爵、夜分申し訳ないですわ。実はムスヒムが暴挙に出てしまい──」

リンネカルロはここまでの経緯をカロン公爵、いや元公爵に話した。

「そういうことですか……ムスヒム王子がまさかそこまでするとは……それでテセウスは無事でしょうか？」

「おそらく命は取られてないと思いますが、拘束されている可能性が高いですわ。一緒に連れて逃げれば良かったのですが、ムスヒムの急な暴挙にユーディンを守るのが精一杯で……」

「それで結構。いくらムスヒム王子でもテセウスを簡単には殺しはしますまい。微力ながら私も協力いたします」

カロン元公爵との話の途中で不意に部屋の扉が激しく開かれる。そして兵が慌てて入ってきてこう報告した。

「たっ、大変です！　領内に大規模な魔導機部隊が侵入してきました！」

「なんだと！　具体的な敵機の数はどれくらいだ」

「少なくとも五百機はいるかと」

「全軍を招集しろ！　ムスヒムめ、義も何もない外道者が！」

「カロン公爵、味方の手勢はどれくらいですの？」

「魔導機八十機ほどと、バリスタを搭載しているライドホバーが二十ほどです」

「わかりました、私たちも手伝いますわ。ジャン、皆に準備をさせて」

「おいおい、簡単に言うなよ。五百機だぞ！　勇太もナナミもいないのに無謀じゃねえか？」

「それでも戦うしかないですわよ。私とアーサーもカロン公爵に魔導機を借りて出撃しますから早く準備させなさい」

「たくっ、本当にちゃんとボーナス出せよな。アリュナ、聞いた通りだ。全員出撃だ」

「偉そうに言わなくてもわかってるよ」

アリュナはそう言うとライドキャリアへと戻った。俺もそれに続いて向かう。

こんな時に勇太とナナミがいないのは痛い。アリュナとエミナの二人だけでもかなり強えが、やっぱり無双鉄騎団の主力はあの二人だからな。

カロン公爵の兵の報告が大袈裟なら良かったのだが、きっかりと五百機は間違いなくいそうな大軍がこちらへと迫っていた。俺はライドキャリアのデッキから見て、アリュナたちに指示を送った。

「アリュナ。エミナ。カロン公爵軍を援護しながら敵を蹴散らせ！　ファルマは後方からアリュナたちを支援。ロルゴはライドキャリアとライドホバー部隊を防衛しろ！」

「あいよ、ジャンは勇太に連絡してくれるかい。もしかしたら近くにいるかもしれない」

「確かにそうだな、わかった。連絡してみる」

アリュナの言うように、勇太たちは近くで野営している可能性もある。連絡して応援を要請しようと言霊箱の通信を開いた。

だが、いくら呼び出してもうんともすんとも反応がなかった。何やってんだ、あいつら……その後も何度も呼び出すが応答することはなかった。

▽

魚をたらふく食べて満足した俺とナナミは、明日に備えて早めに就寝することにした。俺は『ヴィクトゥルフ』のコックピットで、ナナミは『ヴァジュラ』のコックピットで寝ることになったのだが……。

「おい、ナナミ、明日は早く出発するからもう寝るぞ」

「うん、わかってる」

「それならどうして俺に付いてくるんだ」

「前はよく一緒に寝てたでしょう。今日は二人っきりだし、たまには一緒に寝ようよ」

「いや、コックピットは狭いから二人は無理だって」

「密着すれば大丈夫だよ」

「たくっ、背中痛くなっても知らないぞ」

根負けしてそう言うと、ナナミは嬉しそうに腕を組んできた。こいつは一体俺をなんだと思ってるのか。

ナナミは俺と一緒にコックピットに入ると、ギュッと必要以上に密着してくる。

「そんなにギュッとしなくてもスペースあるだろ」

「ナナミはこの体勢がいいの」

「寝にくいんだけどな……」

そう文句を言うが、ナナミは聞いてるのか聞かないフリをしているのか反応しない。仕方なくこの体勢のまま寝ようとしたのだが、不意にナナミが質問してきた。

「勇太、最初に私と会った日のこと覚えてる？」

「ああ、あの奴隷商人の屋敷で会った時だろ？　覚えてるよ」

「あの時ね。勇太が凄く輝いて見えたんだよ」

「なんだ、それ？　俺、光るような物付けてたっけ？」

「違うよ。なんだろう、ナナミを変えてくれる人が現れたって直感で思ったんだ」

「そうか、それで俺はナナミの期待に応えられたのか」

「うん、想像以上に応えてくれた。だってナナミ、今、すっごく幸せだもん」

そう言ってさらに強く俺を抱きしめてきた。ちょっと痛かったけど、無邪気な表情を見てると拒否することもできず、そのまま好きなようにさせた。


その後、俺とナナミはそのまま眠ってしまったようだ。目覚めは、大きな衝撃音で叩き起こされた。

「なっ！　なんだ！」

「勇太～ナナミもうちょっと寝る……」

「ナナミ、寝てる場合じゃない！　敵襲だ！　見つかったみたいだぞ」

見ると魔導機が三機、こちらに近づいてきていた。敵は近づきながらアローをポンポンぶっ放している。

『ヴィクトゥルフ』は大丈夫だと思うけど、このままだと無人の『ヴァジュラ』が壊されてしまう。

俺は急いで『ヴィクトゥルフ』を起動した。

「なにっ、勇太！　どうしたの？」

「いいからしっかり摑まっていろ！」

『ヴィクトゥルフ』の起動に気がついた敵機は、狙いをこちらに集中し始めた。

俺は加速して一気に距離を詰める。そしてアローを構えた敵機の一機の胴体を拳で叩いた。ドガッと鈍く重い音がして、その敵機のボディーは歪に変形する。

残りの二機はアローを捨て、腰に装備していた剣を抜いて近接攻撃をしてきた。それを避けて肘で首元に重い一撃を喰らわし、もう一機は前蹴りで足の付け根辺りを蹴り潰した。

三機ともそのまま動かなくなったのを確認して、攻撃されていた『ヴァジュラ』に慌てて近づく。

「どうだ、ナナミ、壊れてなさそうか？」

『ヴァジュラ』のコックピットに辺りにアローが命中したので、心配してそう聞いた。

「大丈夫そうだけど、これはダメかも」

そう言って見せたのは、変形して変な煙を出している言霊箱であった。

「うわ、そりゃ完全に壊れてるな」

「どうしよう……ジャンたちに連絡できないね」

「まあ、昨日のうちに合流する場所を決めていて正解だったな」

「そうだね、じゃないと逸れちゃうとこだったね」

とにかく、ジャンたちと連絡ができなくなったこともあり、早めの合流を目指してカロン公爵邸へ向かうことにした。


俺たちが野営した森からカロン公爵邸へは魔導機で半日ほどで到着した。

「どういうことだ……」

カロン公爵邸に到着した俺たちが目の当たりにしたのは、無茶苦茶に破壊されて、荒れ果てたカロン公爵邸であった。

「み、みんなはどこ行ったの!?」

「わからない」

とにかく辺りを調べたけど、人っ子一人いなくて、状況がよくわからない。

「戦いがあったのかな」

「多分そうだな」

「やだ、みんなやられちゃったの!?」

「それはないだろう。アリュナやエミナがいるのにそう簡単に負けるはずないし、ライドキャリアや魔導機の残骸もないから大丈夫だよ」

アリュナたちがやられるわけないと俺は確信していた。しかし、困ったぞ。通信もできないし、どうやって合流したらいいのか。

カロン公爵邸が派手に潰されているのを見た俺とナナミは、周辺を調べた。みんなの行き先の手掛かりがあればいいんだけど。

「大規模な戦闘があったみたいだけど、壊された魔導機すら見当たらないな」

「そうだよね、どうしたんだろ」

魔導機の小さな部品などは散乱しているので、戦闘で破壊された魔導機があったようだけど、その本体はなくなっている。前にジャンが戦争なんかで破壊された魔導機を回収する業者があるって言ってたけど、いくらなんでも回収されるのが早すぎのような気がした。

「ダメだな、手掛かりはなさそうだ」

「勇太、どうしよう」

「そうだな、なんとか情報を手に入れるために近くの町に行ってみるか」

「大丈夫かな。悪い王子の手下がいっぱいいないかな」

「魔導機を何処かに隠して、徒歩で町に入れば誰も俺たちのことなんて気にしないだろ」

「そっか、そうだよね」

ということで俺たちは近くの町を訪れることとした。訪れた町はカロン公爵領内の小さな町で、情報を得るためにそこの酒場を訪れた。夕方だというのに酒場は大変賑(にぎ)わっていて、ガヤガヤと騒がしく酒を呷(あお)っている。

俺とナナミは店に入ると空いているテーブルの席につき、食事を注文した。

「飯だけかい？」

「ああ、食事だけでいい」

「そうかい、うちのエールは最高なんだけどね」

「ナナミ、フルーツも食べたい」

「じゃあ、このフルーツ盛り合わせを一つ追加で」

「あいよ」

むやみやたらと聞きまくるのは危険なので、まずは食事をしながら周りの会話に聞き耳を立てることにした。大きな戦闘があったのなら、この辺りでは大ニュースになっていて、酒の肴としては最高の題材だろう。おそらく話題にするテーブルがあるはずだ。

そして、隣のテーブルの人たちの話を聞いていると、予想通り、昨日の夜カロン公爵領内で大きな戦闘があったとの話題で盛り上がっていた。

「昨日の戦闘、どうやらムスヒム王子が王国軍を動かしたようだぞ」

「うちの領主と戦争か？　ムスヒム王子にとってはカロン公爵は義父だろ。そんなことありえるのかね」

「まあ、だからか知らねえが、王国軍はなかったことにしたいようで、今日の朝早くに戦闘の痕跡をコソコソ隠してたみたいだけどな」

「どうしてお前、そんなこと知ってんだよ」

「俺の弟が王国軍にいてな、壊れた魔導機の運搬とかの仕事を俺も引き受けたんだよ」

「よくそんな隠蔽するような仕事を民間にやらせたな」

「急いでたみたいだな。まあ、もちろん口止めされたけどな」

「おいおい、それをベラベラここで喋ってるのかよ」

「いいじゃねえか。王国軍なんてここにはいねえだろ」

やっぱりムスヒムとカロン公爵の間で戦いがあったのは間違いなさそうだ。後はその戦闘の結果と、みんながどこに行ったか話さないかな。そう思っていると、会話は進み、戦闘結果の話へと進んでくれた。

「それでよ、戦いはどっちが勝ったんだよ」

「そんなの王国軍に決まってるだろ。数が違うだろ数が」

「じゃあ、うちの領主は殺されちまったのかよ」

「いや、逃走したみたいだぞ。それで今、王国軍は必死で追ってるみたいだ」

「逃げるったって、王国軍相手に安全な場所なんてないだろうに」

「レイデマルト公爵領方面って噂だ」

「まあ、逃げるとすればそっちしかねえか。他は全部、ムスヒム王子の勢力圏だからな」

よし！　聞きたい情報が聞けた。逃げたってことはみんな絶対に生きているな。レイデマルト公爵領、どっちの方角だろうか。

その後、食事を終えると、そっと酒場の店主にレイデマルト公爵領の方角を聞き、酒場を出た。

「みんな大丈夫かな……」

ナナミが心配そうにそう呟く。

「アリュナたちが簡単にやられるかよ。絶対に大丈夫だ」

「そうだよね、みんな強いから平気だよね」

やはり心配じゃないと言えば嘘になる、俺たちは魔導機を隠していた場所へ戻り、すぐにレイデマルト公爵領へと出発した。

▽

「ダメだ、このままだと全滅する！　カロン公爵にも連絡して撤退するように進言しろ！」

残念だが戦力差は露骨に結果として出ていた。まともに敵を撃破しているのは無双鉄騎団の面々と、一般ライダー用の魔導機に乗っているリンネカルロとアーサーくらいであった。

「ジャン、カロン公爵をレイデマルト公爵領方面へ逃がすために無双鉄騎団と私たちで殿を務めますわ」

「しゃあねえな。アリュナ、聞いたか？　敵を抑えるぞ」

「了解だよ。ロルゴ、右の部隊の進行を止めなさい！　ファルマはライドキャリアの護衛に集中、私とエミナで敵を撃破しながら敵の足を止めるよ！」

「ロルゴ、敵……止める……」

「リンネカルロとアーサーは後方で取り逃した敵機を潰しな！　敵を一機も通すんじゃないよ」

リンネカルロがアリュナの言葉に不満の声を漏らす。

「私にそんなゴミさらいみたいな仕事をさせるのですか！」

「仕方ないでしょう。今、あんたが乗ってるのは一般魔導機だよ。いくらクアドラプルハイランダーだからって限界があるでしょ！」

「そうですけど、この機体でもハイランダーくらいの敵は落としてみせますわよ！」

すでに十機近い撃墜数をあげていることからもリンネカルロの言葉が虚勢でもなんでもないことはわかる。

アーサーも頑張ってはいるが、リンネカルロと違い、もともとハイランダーの実力しかない。一般機体ではやはり実力を発揮することができないのか、二機を撃破するのがやっとのようだ。

「全員、無理はするなよ、こんなとこでやられたら意味ねえからよ」

カロン公爵は自分のライドキャリアに乗ると、レイデマルト公爵領方面へと逃走を開始した。カロン公爵の兵は全てそれに付いていく。結果、敵を止めるのは無双鉄騎団とリンネカルロたちだけとなった。

「カロン公爵がレイデマルト公爵領に入ったら、俺たちもタイミングを見てずらかるぞ」

アリュナとエミナはさすがに強い。すでに二人で五十機は倒しているんじゃねえだろうか……それでも敵の数は減っているように思えないほど湧いて出てくる。体力的にもあまり長時間は戦えないだろうから、逃げる算段をしなければ……。

「こちら、カロン公爵搭乗のライドキャリア。我々はすでにレイデマルト公爵領に入った。レイデマルト公爵の城に、ユーディン王太子名で援軍を要請したので、もう大丈夫だ。無理をせず、そちらも撤退してくれ」

「よし、カロン公爵がレイデマルト公爵領に入ったぞ。俺たちも逃げるとしよう」

「私とエミナで敵を抑えるから、その間にジャンはみんなを収容して後ろに下がりな」

「すまんな、アリュナ。頼むわ」

ロルゴ、ファルマ、リンネカルロ、アーサーを収容すると、ライドキャリアを後方へと進める。

その間、たった二人で大軍の侵攻を足止めする。二人は上手く敵の足を狙って動きを封じていく。

戦い方も上手いな。

「アリュナ、後は私がやるわ。あなたもライドキャリアに戻って」

「一人で大丈夫なの？」

「私の『アルテミス』にはステルス機能があるのよ。いざとなったら姿を消して逃げるから大丈夫よ」

　確かにエミナの『アルテミス』なら大軍に囲まれてもなんとか逃げ出せそうだな。

「アリュナ。そこはエミナに任せて、お前も撤退しろ」

「わかったよ。エミナ、無理するんじゃないよ」

　アリュナも回収すると、全速力でレイデマルト公爵領方面と向かった。

その後、俺たちがレイデマルト公爵領に入るまで敵を抑えていたエミナは、ステルス機能を使って姿をくらまし、見事に敵軍からの逃走に成功する。そしてレイデマルト公爵領の森の奥で合流した。

「カロン公爵軍とレイデマルト公爵軍も合流できたみたいだな」

「そう、でしたらしばらくはもちそうですわね。後はバレルマ公爵軍にも援軍を要請して、反撃の開始ですわ」

「それだけどよ、それで王国軍に対抗できるのか？」

「カロン公爵軍、レイデマルト公爵軍、バレルマ公爵軍全て合わせても魔導機三百機程度ですからね。そのままでは勝負になりませんわ」

「どうするつもりだ、リンネカルロ」

「一人だけ王国軍で私の味方になりそうな将軍がいますわ」

「オルレア将軍だね、姉さん」

「そう、オルレアなら私たちの味方になるでしょう。しかし、そのためには私が直接、彼に会う必要がありますけど」

「オルレア将軍は確か東の要塞に駐屯してる。ここからそれほど距離はないけど、王国軍の勢力圏内だよ、姉さん」

「ですから隠密（おんみつ）行動で東の要塞に向かうのですわ」

「隠密？」

「エミナの魔導機だけなら行けそうでしょう？」

「えっ！　私？」

「そうですわよ。あなたの『アルテミス』に私とアーサーを乗せて連れていってください」

「ちょっ、ちょっと、私の『アルテミス』に三人も乗れないわよ」

「無理すれば乗れますわ。私はスリムですし、アーサーはコンパクトに詰め込みます」

「そもそもアーサーが一緒に乗るのはどうしてなの？　その将軍を説得するだけならあなただけでいいしょう？」

「オルレアなら私の『オーディン』とアーサーの『セントール』の保管場所を知っているはずです。ついでに回収するつもりですから一緒に行くのですわ」

「なるほどな。確かにこれからムスヒムに反撃するにはリンネカルロの『オーディン』とアーサーの『セントール』は必要だろう。エミナ、ここは無理して乗せてやれ」

「もう、変なとこ触らないでよね」

　こうしてエミナ、リンネカルロ、アーサーは別行動で東の要塞へと向かうことになった。そしてユーディンを連れた俺たちはカロン公爵と合流するためにレイデマルト公爵の城へと向かう。

六章 伝説の光の矢

「敵だらけだね。どうする勇太、無理やり突破する？」

「そうだな、最悪それでもいいけど、どんどん援軍が来ると厄介だから、なるべく避けて突破したいな」

「あの川の中とか進めないかな……」

ナナミは近くを流れる比較的大きい川を見てそう言う。

「川の中か、深そうだから確かに敵からは身を隠せそうだ。だけど、魔導機って水中に入って大丈夫なのか？」

「そんなの知らないよ。実際に水の中に入ってみればわかるんじゃない」

「試すのはいいけど、それでコックピットに水が入ってきたら怖いな。まあ、ちょっと入ってみるか」

川は深く、十二メートルほどの『ヴィクトゥルフ』の胸の辺りまでは水嵩(みずかさ)がある。これなら少ししゃがんで進めば問題なさそうだ。しかも魔導機はちゃんと防水になっているようで、コックピット内に水は入ってこなかった。だけど空気のことを考えたらそんなに長くは潜ってない方がいいな。魔導機の中で窒息とか洒落にならない。

俺たちはそのまま川の中をしゃがんで進む。やはり敵は川の中を移動しているとは想像もしてなかったようで、発見されることもなく敵軍が見張っているエリアを突破できた。

敵の視界から外れると、上陸できそうな場所を探す。見ると木々に囲まれていて周りから見えにくくなっている窪みのポイントを見つけた。あそこからなら安全に上陸できそうだ。水の中では外部出力音で会話することもできないので、俺は身振り手振りでナナミにその上陸するポイントを伝えた。

身振り手振りはナナミにちゃんと伝わったようで、問題なく二人とも陸へと上がる。

「周りに敵はいないようだな。ナナミ、このままあの森の方へ移動するぞ」

「うん、わかった」

森の中に入り奥に進むと、何か、金属のぶつかるような大きな音が響いてきた。

「なんの音だ……」

「これって魔導機の戦闘の音じゃないかな」

「このまま進んだら見つかるな。迂回するか……」

「でも勇太。誰かと誰かが戦っているってことは、そのどちらかは味方の可能性があるよね？」

「うっ、確かにそうだな、だとすれば見捨てるわけにもいかないか。仕方ない、ナナミ、音のする方へ行ってみよう」

俺たちは警戒しながら戦闘音の聞こえる方へと向かう。すぐに二つのグループが激しく戦う場へとたどり着いた。

二つのグループといっても、一方は二十機ほどの中規模の部隊で、一方は五機の小隊であった。数で押されてはいるけど、少ない方のグループも上手く連携して互角に戦っている。

「さて、どっちが味方だ」

残念ながら俺とナナミには、敵味方がはっきりとはわからない。味方を識別するビーコン水晶もないし、どうしたもんか。

「どうする、勇太。どっちも似たような魔導機だし、全然味方がわかんないよ」

「う～ん、仕方ない。正直に話して聞いてみるか」

「えっ!? 聞くって誰に？」

「誰ってあの戦ってる連中に決まってるだろ」

「勇太って、たまに大胆で変な行動平気でするよね」

「まあ、いいから任せろって。ナナミは何かあったら困るから少し離れて見ててくれ」

「わかったけど気をつけてね」

俺は魔導機で手を振ってナナミのその言葉に応える。

俺は戦闘している場所に行くと、外部出力音を最大にしてこう話しかけた。

「リンネカルロ王女直属の傭兵部隊、無双鉄騎団が援軍に来たぞ！」

俺は両方のグループにそう語りかけたのだが、反応は真逆であった。

「おおお！　まさかリンネカルロ様の直属の傭兵部隊が我々の援軍に来てくれるとは辱い！」

そう感謝の言葉を口にしたのは少数のグループの魔導機からだった。

「小癪な！　リンネカルロは王位継承投票でユーディン王子がムスヒム王子に負けたことに納得がいかず、あろうことかムスヒム王子を亡き者にしようとした大悪人！　そんな悪の手下になど後れを取るものか、返り討ちにしてくれるわ！」

これは中規模グループの魔導機からのメッセージだ。わかりやすい反応で助かるな、これで少数グループが味方だというのがはっきりした。後は中規模グループを倒して少数グループを助けるだけだ。

敵がどちらかはわかれば問題ない。俺は二十機ほどの魔導機の部隊に攻撃を開始した。

集団戦を展開していた敵部隊に、加速して一気に接近する。前衛に布陣していた防御力の高そうな重量級の魔導機に拳を叩きつける。殴られた魔導機は柔らかい粘土細工のように簡単に変形して後ろに倒れた。

「ば、馬鹿な！　ドデムのBランク装甲を易々と破壊しやがった」

敵の隊長機っぽい機体から、そんな驚きの声があがる。

俺は重量級の魔導機が持っていた大きな戦斧を拾い上げ、それをぶん回しながら敵の集団に突撃する。敵機の集団は俺の動きに全くついてこれず、振り回す戦斧に次々とその体をバラバラに破壊されていった。

戦闘が始まるとナナミもすぐに参戦する。回り込んで俺の後ろを取ろうとした魔導機二機を剣で血祭りにあげてくれる。味方の小グループも黙って見ておらず、俺の攻撃で完全に陣形が崩壊した敵軍を、一機ずつ取り囲んで撃破していった。

最後に残った敵の隊長機が大きな剣を振りかぶり、大声で叫びながら『ヴィクトゥルフ』に突撃してきた。その剣の攻撃を片手で軽く受け止める。

「ぐっ！　ば……化け物が！」

受け取めた剣を握り潰すと、戦斧を隊長機の頭上から叩き下ろして、この戦闘を終わらせた。

戦闘が終わると、小グループのリーダーっぽい魔導機が近づいてきて礼を言ってきた。

「ありがとうございます！　さすがはリンネカルロ王女直属傭兵団の方。信じられない強さですね」

「いえ、それより、あなたたちは？」

「はっ、申し遅れました。我々は王族親衛隊、リヒリア王女の護衛騎士でございます」

「確かリヒリア王女ってリンネカルロのお姉さんだよね。その護衛さんがどうしてこんなところに？」

「残念ながら我らが主人であるリヒリア王女はレイデマルト公爵、バレルマ公爵、テセウス公子と共にムスヒム王子によって幽閉されてしまいました。我々はリヒリア王女を助けるために、レイデマルト公爵様の御子息にご尽力していただこうとレイデマルト公爵領へ向かっている途中でした。そこを敵軍に見つかり戦闘になっていた次第です」

「なるほどね。やっぱりあの後、みんな捕まったんだな。俺たちもレイデマルト公爵領へ向かっているから一緒に行こうか？　この後も敵に遭遇するかもしれないし」

「それは、それは願ってもない申し入れ！　しかし、あの、もし、我々にお力をお貸しいただけるのでしたら、その圧倒的強さを見込んで一つお願いがあるのですが……」

「えっ、お願いって？」

「はい、我々には行動を共にしていた仲間がいるのですが、その仲間が今、近くの砦でムスヒムの軍に包囲されて攻撃されているのです。この戦力で助けに行っても返り討ちに遭うと思い、レイデマルト公爵軍から戦力を借りてからと考えておりましたが、やはり砦はギリギリもっている状況、早急に救援に向かいたいと思っておりました。そこで出会ったのがあなた方。あの強さであれば、包囲している敵軍を蹴散らすのも十分可能かと……どうでしょうか、助力をお願いできませんか」

「そうか、俺たちも急いで仲間と合流したいと思ってるけど、そんな状況なら放っておくわけにはいかないよな。いいよ、仲間の救出、手伝うよ」

砦にどれくらいの戦力がいるのかわからないけど、これから先、少しでも味方が増えるのは絶対に良いことだと思い、軽く引き受けた。

「おおおっ！　ありがとうございます！　それでは早速、砦に向かいましょう！」


砦はそこから一時間ほど移動した小高い丘の上にあった。見ると確かに戦闘中のようで、ワラワラと砦の城壁に群がる魔導機の軍勢を、砦の魔導機がアローなどで応戦していた。

「包囲している敵は百機くらいかな、砦の戦力はどれくらいなんだ？」

「はい、魔導機は三十機ほどですが、対魔導機用のバリスタが数基ありますので、なんとか凌いでいるようです」

「あそこにいるのが敵の指揮官機かな、よし、あの敵の本陣っぽいところに俺たちが突撃して暴れまくるから、その間に砦の中の味方と連携して敵を殲滅していってよ」

「お二人であそこに突撃するんですか!?　さすがに危険では……」

「もっと厳しい状況とかで戦ったことあるし、この機体、この国の伝説の魔導機らしいから多分いけると思うよ」

「伝説の……どこかで見たことある魔導機だと思いましたが、まさかそれは我が国の国宝、『ヴィクトゥルフ』！　あなたがどうしてその機体に！」

「いや、無断で乗ってないから。ちゃんとリンネカルロに許可貰ってるから大丈夫だよ」

「天下十二傑のお一人であるリンネカルロ王女にそこまで信頼されているなら大丈夫でしょう。それではお任せします」

　ということでナナミと二人で敵の本陣に突撃することになった。『ヴィクトゥルフ』だったらなんとかなるだろう。そう思ってしまうのもちょっと危険な感じがする。

「俺が突っ込んで注意を引くから、ナナミは混乱した敵を片付けていってくれ」

「うん、わかった。気をつけてね、勇太」

　俺は敵の本陣に向かって全力で走っていく。『ヴィクトゥルフ』は驚異的な脚力で、アスリート並みの走りで一気に敵陣へと突入した。

「て……敵襲！」

　敵兵の一人が接近に気づいてそう騒ぎ始める。周りの魔導機も『ヴィクトゥルフ』の姿を見て急いで武器を構えて応戦しようとした。

　だが、あっと言う間に俺は敵陣深くまで突入して、さっきの戦闘で拝借した戦斧をぶんまわし、次々と敵機を破壊していく。

「なんだ、この魔導機は！　恐ろしく速くて強いぞ！」

「回り込め、囲んで一斉に攻撃するんだ！」

敵は数を生かして包囲して攻撃しようと『ヴィクトゥルフ』を囲むように陣形を動かし始めた。だが、襲撃者は俺だけではない。後から突撃してきたナナミの『ヴァジュラ』に、包囲しようとしていた魔導機たちは次々に破壊されていく。

「新手だ！　こっちも強いぞ！」

ナナミも剣と盾の使い方がかなり上手くなったな。鉄壁の防御と隙のない攻撃で、多人数相手にも圧倒する姿に感心する。

俺も負けていられない。戦斧を思いっきり振りかぶり、十機くらいの魔導機が固まって陣形を組んでいる集団に向かって、それを投げつけた。戦斧はブンブンと激しく回りながら敵機の集団に襲いかかる。ゲームか何かで名前を付けるならアックストルネードといったところだろうか。戦斧は触れた魔導機を分解しながら勢いを弱めることなく突き進み、そこにいた敵機を無残な残骸へと変えていく。

その攻撃は敵に恐怖を植え付けるには十分の威力があった。驚き戸惑っている敵機の一つを捕まえ、力ずくで頭部をもぎ取り、腕を引きちぎるとボディーを持ち上げて近くの敵に投げつける。二機は激しくぶつかり、どちらも白い煙のようなものを吐き出して停止した。その二機が持っていた二本の剣を両手に持つと、アリュナの双剣のようなスタイルでさらに残った敵機の殲滅に取りかかる。

深く踏み込み、右の敵機を内から外へ剣を振り切り払う。同じように左の敵機も切り払うと、体を回転させながら前進して、大きな両手持ちの剣を構えた大型の魔導機を両手に持った二つの剣で刺し倒す。

　アリュナのように華麗な動きとはいかないが双剣も悪くない。早い動きで剣を振りまくり、一振り一殺で敵を倒していく。

　ナナミは敵の攻撃を盾でいなしながら、剣で確実に仕留めていた。堅実な戦い方は安定感があり、見ていて危なげない。

「ふんっ！　少しは腕に覚えがあるようだな。ここは俺が相手になってやろう」

　敵の大将風の魔導機が首をコキコキしながら前へ出てきた。が、敵の殲滅を急いでいる俺は、まだ何か言いたそうなその大将の言葉を遮るように、素早く接近して首を飛ばした。

　よほどその強さを信頼されていたのか、大将を瞬殺すると敵方が騒然とする。そしてもはや戦う気力もなくなったのか、蜘蛛の子を散らすように撤退を始めた。

　そこに、砦に立て籠もっていた味方の軍が動き出した。俺とナナミの攻撃で完全に崩壊した敵軍に対して、砦から出撃して総攻撃を開始する。そこからは一方的な掃討戦となり、逃げ遅れた敵を確実に仕留めていった。

　全ての戦闘が終わると、砦の軍、王族親衛隊の部隊、全てが俺の前に集合してくる。そして驚くことに、全員が息を合わせたように『ヴィクトゥルフ』の前に跪いた。

「まさにあなたは建国の英雄ルザークの再来、国宝『ヴィクトゥルフ』を乗りこなしているのがその証拠。我々、ここにいる全ての騎士はあなたの指揮下に入ることを誓います」

「いや、俺はリンネカルロに雇われてるだけのただの傭兵で……」

「どうかこの国を、メルタリア王国をお救いください！」

有無を言わさず、騎士たちはそう訴えかけてきた。いや、どうしたもんか……俺が困っていると、ナナミが無責任なことを言ってくる。

「どっちみち、リンネカルロの依頼があるからこの国のために戦うんでしょ。良いじゃない指揮してあげなよ」

「たく、仕方ない。リンネカルロたちと合流するまでなら面倒見るよ。だけど俺は自分で戦うことしかできないからな、後は勝手にしてくれよ」

「はっ！　それこそまさに、自らが先頭で戦うことで軍を率いた英雄ルザークと同じ！　我々はあなたについていき闘うだけです！」

英雄ルザークとやらもこんな感じでただ単に持ち上げられただけなんじゃないだろうか……そんなことを考えながら次の行動をどうするか考えていた。

★

「ちょっと、リンネカルロ。もう少しスペース開けてくれないと操作球から手が離れちゃうでしょう」

「もうこれ以上動くのは無理ですわ。アーサー、あなたもっとコンパクトになりなさいよ」

「リンネカルロ様、無理言わないでください。すでに関節が外れそうな感じで限界です」

「だったら関節を外しなさい！　そうすればもっと小さくなれますわ」

「そんな無茶な……」

私とアーサーを乗せて、エミナの『アルテミス』は敵の勢力圏を移動していた。隠密行動には絶対の力を発揮する『アルテミス』は、保護色とステルス機能を駆使して敵に見つかることなく東の要塞へと到着した。

『アルテミス』は物資搬入の隙に要塞内に侵入すると、保護色を解いて姿を現す。もちろん要塞の兵たちはそれを見て大騒ぎし始めた。魔導機を動かし、戦う準備をする要塞の兵たちに私は大きな声でそれを制止した。

「待ちなさい！　私はリンネカルロ王女です。オルレア将軍に話があって、やってまいりました。すぐに将軍をここに呼びなさい」

それを聞いた兵たちはガヤガヤと騒ぎ始める。どうして良いのかわからないようで、私はもう一度大きな声で怒鳴った。

「早くしなさい！　王女を待たせるなんて非常識ですわよ！」

怒鳴られた兵たちは慌てて将軍を呼びに走った。しばらくすると、あまり見たくない、見知った顔の男が現れる。それを確認すると、私はエミナの『アルテミス』から降りる準備をする。

「エミナ。大丈夫だと思いますけど、油断しないようにしてください」

「わかってるわよ。何かあったら置いて逃げる可能性があるから覚悟して」

「大丈夫です。リンネカルロ様、私がどんなことをしても助けますので」

アーサーの言葉は無視して、ハッチを開き外に出る。それを見た彼が大きな声でこう言いながらこっちへ駆け寄ってきた。

「おおおっ！　本当にリンネカルロ王女ではないか！　兵たちの話は何かの間違いかと思ったが、お会いできて嬉しいですぞ！」

「オルレア将軍、久しぶりですわ」

「はい、本当にお久しぶりです！　何しろ何度訪ねても留守でしたし、王宮で会わないかとウロウロ歩き回ったのですが、なぜか見かけることもなく、私がどれほどあなたにお会いしたかったか！」

この後、願い事をしないといけないこともあり、それは私が貴方を避けていたとは言わず話を進める。

「オルレア将軍、単刀直入にお願いしますわ。ムスヒムの暴走を止めるために、私とユーディンに力を貸してもらえませんか」

「なるほど、どのような用件かと思いましたがそういう話ですか。王国軍のクルス司令官を裏切り、貴方に味方しろと言うのですね」

「私の願いが聞けないというなら、今後一切、貴方とは縁を切らしてもらいます」

「おおっ！　それは困ります！　私が貴方のことをどのように思っているかご存知でしょう！」

わかっているからこんな話をしているのです。そう思ったがそれは言わず、私はオルレアをただじっと見つめた。

「ぐぐっ……そんな目で見つめられたら私は断れません。わかりました。もとよりこの命、貴方に捧げるつもりでした。軍の裏切り者と言われようと構いませぬ。私と指揮下にある魔導機第三軍団は、今よりユーディン王太子とリンネカルロ王女に忠誠を誓いましょう！」

「それでよろしいのです。精一杯尽くしなさい」

「はっ！　そ、それでリンネカルロ王女、私の貴方に対する思いなのですが……」

面倒臭い話をし始めた。もちろんオルレアに特別な気持ちなどない私はその話をはぐらかす。

「それより、オルレア。すぐに軍は動かせますか？　できれば早急にカロン公爵たちの軍と合流したいのです。それともう一つ、私の『オーディン』がムスヒムに奪われています。あれがどこにあるかわかりますか？」

「軍はすぐにでも動けるように準備させます。『オーディン』ですがマルダン基地に運ばれたと聞いていますね」

「やっぱりムスヒムに『オーディン』を処分する勇気はなかったようですわね」

「『オーディン』もヴィクトゥルフと同じく国宝の一つですから、いくら敵方の妹君しか操ることができないといっても簡単に破壊などしないでしょう」

「そうね、兄さんは本当は小心者ですから。それより早く準備を進めたらどうですの」

「あっ、はい。すぐに準備させます！」

そう言うとオルレアはすぐに部下に指示を始めた。

指示を終えたオルレアはもう一度私のところへ来て、こう言ってきた。

「リンネカルロ王女、一つだけお聞かせください。貴方に思い人はいらっしゃいますか？　こんな時ですが私にとって凄く大事なことですので……」

思い人……それを聞かれて、私はすぐにあの屈託のない笑顔が思い浮かんだ。いえいえ、どうしてこんな時に勇太の顔が浮かぶのです。確かに彼は私に唯一勝った……いえ、引き分けた男ですが、ただの下民。王族の私と釣り合う訳がないですわ。

「いませんわ、今は国の大事で精一杯です」

その答えにオルレアは必要以上な喜びを表現している。だけどそう答えたことに、私は何か罪悪感みたいなものを感じていた。

軍の準備ができるまで、私たちは作戦会議室で『オーディン』を奪還する作戦を考えることにした。

「マルダン基地の戦力はどれほどですか」

「あそこは魔導機百機ほどの小さな補給基地ですから、この要塞の戦力で攻めればすぐに落とすことは可能でしょう」

「五倍以上の戦力ですから、そうなりますわね」

「あの、私の『セントール』もそこにあるんでしょうか？」

アーサーが控えめにそう聞いてくる。

「どうですかね。『オーディン』の情報しか入ってきてませんので」

「そうですか……」

最悪、私の『オーディン』が戻ればいいのだけど、ハイランダーのアーサーも戦力には違いない。

『セントール』があることを小さく願う。

「それより、お連れの魔導機のライダーはこちらには来ないのですか？　まだ魔導機に乗って警戒していますが……」

オルレアはなぜかしきりに魔導機で待機しているエミナのことを気にしているようで、そう聞いてきた。

「あっ、エミナのことですわね。私も降りて休憩すればと言っているのですけどね」

「私が呼んできましょうか？　エミナ殿は根っからの軍人気質のようですから、無理にでも誘わないと体を休めることもしなそうですから」

「そうね、その方が良いかもしれないですわね」

そう言ってアーサーがエミナを呼びに行ったのだけど、なかなか戻ってこない。私は様子を見に、『アルテミス』が待機している要塞の中庭へと足を運んだ。

「だから、何があるかわからないでしょう。私だけでも魔導機で待機していた方がいいに決まっているわ」

「ですから、もうここは味方の陣地ですよ。警戒する必要はないんです」

「さっきまで敵だった人間を簡単に信用してどうするのよ。いいから私はここにいるから放っておいて！」

どうもエミナはまだ警戒を解いてないようである。確かに私とオルレアの事情を知らない人間からしたら、いきなり味方になりましたで納得するのは難しいのかもしれない。

「アーサー、もういいですわ、エミナの好きにさせなさい」

「しかし、それではエミナ殿の休息が……」

「いいから戻ってきなさい」

「は、はあ……」

そう言ってアーサーが言い争っていた『アルテミス』のコックピットから降りてきてすぐに、それは起こった。

いきなり、アーサーの後ろにいた兵士が、ガツッと彼の後頭部を強打する。アーサーはそのままゆっくりと前に倒れた。

「アーサー！」

私が叫んだ瞬間、私の首筋に剣が添えられた。

「魔導機のライダー！　早く魔導機から降りろ！　でなければこの首が落ちることになるぞ！」

そう叫んだのはまさかのオルレアであった。

「オルレア、どういうつもりですの……」

「ハハハッ！　リンネカルロ王女、私がいつまでも貴方だけのオルレアだと思っているのですか。貴方と違ってクルス司令官は私をすぐに受け入れてくれましたよ」

しまった。クルスはオルレアの謀反を読んで、防衛策を張っていたのね。

「早くしろ魔導機のライダー！　リンネカルロの首が飛ぶぞ！」

流石に、『アルテミス』が動いて私を助けるより、首元に添えられた剣が私の首を飛ばす方が確実に早い。それを十分理解しているエミナは、ゆっくりと魔導機から降りてきた。

「わかったわ。今、降りるから剣を降ろしなさい」

「それでいい、本当は魔導機のライダーが降りてから事を起こすつもりでしたが、なかなか降りないので強硬策になってしまいました」

「オルレア、貴方はすでに私に気持ちがないのに私の思い人を聞いたのはどういうことですの？」

「私は嫉妬深いのです。貴方に思い人がいたらあの場で首を飛ばしていました」

私はオルレアを何も理解していなかったようですわ。そう思うと、なんとも言えない虚しい気持ちになっていた。


私とエミナ、そして気絶しているアーサーは拘束され、どこかへ移送されることになった。

「私たちをどこへ連れていくつもりですか」

「マルダン基地です。あっ、そうだ。『オーディン』がマルダン基地にある話、あれは本当ですよ、それとマルダン基地には貴方のお姉さんや、無能な公爵たちも移送されてくることになっています」

「どうして……」

「それはマルダン基地を貴方たち反乱軍の墓場にするためです。マルダン基地では千機の魔導機軍が、貴方たちを助けに来る反乱軍を迎え撃つ手筈になっているのですよ」

「だから『オーディン』もそこにあるのですわね」

「そうです。貴方も誘い出す予定でしたから、それがまさか自分から捕まりに来るとはまるで喜劇ですね」

「くっ、オルレア、私は貴方を許しませんわ！」

「どうぞお好きに、今の私にはクルス司令官がいますので何も感じません」

クルス……やはりあの女狐が最大の障害になったようですわね。

★

砦の戦いの後、移動前に少し休息を取っていたら、慌てた様子で一人のライダーが走ってきた。

「今、敵の捕虜から話を聞いたのですが、ここからすぐ近くにあるマルダン基地に、幽閉されていたリヒリア王女たちが移送されたとのことです。これは救出の最大のチャンスではないでしょうか！」

「大チャンス。そうなのか？」

「はい！　防御の高い王宮では手出しできないですが、マルダン基地はそれほど規模も大きくなく、守備する魔導機も百機ほどと十分とはいえない兵力しかいません。どうでしょう、厄介な場所へ移送される前に我々で救出しに行くというのは！」

凄く熱く言うそのライダーの表情は生き生きとしている。すぐにでも主人であるリヒリア王女を助けたいと言う気持ちが伝わってくる。

「わかった、百機くらいならさっき戦った数と変わらないし、サッと行って助けてこよう」

「ほ、本当ですか！　ありがとうございます！　すぐに皆に知らせてきます！」

そう言って嬉しそうに知らせに行った。本当はジャンたちと合流してからの方がいいのだろうけど、時間が経つと確かにまた別の場所へ移送される可能性もある。ここは少し無理しても救出した方がいいだろう。

「でも、大丈夫かな」

ナナミが何か心配事があるのかそう言ってきた。

「ナナミ、気になることでもあるのか」

「うん、そうじゃないけど、何か変というか……」

「変ってなんだよ」

「リヒリア王女とか公爵たちって大事な人質だよね。そんなに簡単に移送させたりするのかな？しかも守りやすい王宮から、そんなに強固じゃない基地になんて……」

「何か事情があったんだろ。まあチャンスなんだから最大限に生かそう」

「まあ、勇太なら何があってもどうにかしそうだからそんなに心配じゃないけどね」

「俺はそんなに万能じゃないぞ」

「万能じゃないかもしれないけど、実際どうにかなっちゃうのが不思議なんだよね」

ナナミの俺に対する評価が不思議の一言だということがわかったところで、出撃の準備ができたとライダーが伝えに来た。みんなすぐにでも救出に向かいたいようで、目を輝かせて俺を見る。

「よし、それじゃ王女たちの救出に向かおう！」

そう言うと、歓声があがり大きく士気が向上した。

少し離れた場所からマルダン基地の様子を探る。ぱっと見、変わった様子はなく、警戒しているようには見えなかった。

「大丈夫です、いつもと変わらない様子ですね」

以前のマルダン基地を知っているライダーの一人がそう言う。しかし、いつもと変わらないと言う言葉がどうも引っかかった。

「いつもと変わらないって、それはおかしい話だな」

そう俺が言うと、不思議そうに聞き返してきた。

「おかしいとは、どういうことですか」

「だって、今、あの基地の中には重要な人質が何人かいるんだろ？　だったらいつも通りの警戒レベルっていうのはおかしくないか？」

「た、確かに……やはりこれは罠なんでしょうか？」

ライダーたちはものすごく残念そうにする。そんな顔をされると、罠っぽいからやっぱりやめようとも言えなくなった。

「よし、まずは俺一人で攻めてみるから、みんなは後方で待機しててくれ」

「そ、それはいくらなんでも」

「いや、全員で攻めに行って罠だったら逆にどうしようもなくなるよ。俺一人ならなんとでもなるから大丈夫」

「ちょっと、ナナミも待機なの？」

「ナナミは何かあった時にみんなを守ってもらわないとダメだからな」

「もう、そうやってまた一人で無茶する」

いや、本当に一人ならなんとかなりそうなんだよな。何しろこの『ヴィクトゥルフ』、正直、まだ全力を出していない。

ナナミとみんなには後方で待機してもらうことにして、俺は単機でマルダン基地へと近づいた。

そして基地から約一キロあたりに来ると、急激に基地の様子が変化する。どうやらやっぱり罠だったようだ。基地近くの林や死角のある場所などからもわらわらと魔導機が現れる。

その数は百機どころではなく、今まで見たことのないような無数の大軍勢だった。

★

マルダン基地に到着すると、アーサーとエミナは地下の牢獄(ろうごく)に入れられた。そして私だけ別室へと連れていかれた。

私が連れてこられたのは高い塔の上にある部屋だった。窓の外には高所からの景色がよく見える。

「私だけこんな塔の上に連れてきてどうするつもりですの」

「リンネカルロ王女には、助けに来る反乱軍が無残にも返り討ちにあう光景を観(み)てもらおうと、特別席を用意しました。どうぞここからご堪能ください」

「趣味が悪いですわね。オルレア、私がどうして貴方に惹かれなかったかよくわかりましたわ」

そう言うと、オルレアの表情が激変する。険しい顔になり、落ち着きのないようにイライラし始めた。

「違う！　それは違うぞ、リンネカルロ！　お前が見る目がなかっただけだ！　私になんの落ち度もない！　お前が私を選ばなかったのがおかしいんだ！」

「いえ、違わないですわ。貴方にはなんの魅力もない。私はそれに気がついていただけです」

「み……魅力がないだと！　クルス司令官は私を最高の男だと言ってくれたのだぞ！」

「クルスがなんと言おうと関係ありませんわ。貴方には殿方としての魅力がありません！　そう断言しますわ！」

どうしてここまで挑発的な発言をしたのか自分でもわからないけど、どんどんオルレアを貶める言葉が口から発せられた。それを聞いていた彼の表情はさらに険しいものへと変わっていく。

「ぬぬぬっ……リンネカルロ！　お前は今の自分の立場をわかっているのか！　クルス司令官からは好きにしていいと許しを貰っているのだぞ！　今からお前の服をひん剝いて、無理やり私のモノにしてもいいんだぞ！」

「ふふふっ、面白いですわね。力尽くで私が貴方のモノになると思っているのですか？　残念ですがどうしようと貴方のモノにはなりません！」

「ふっ、面白い！　では本当にそうなのか試してやろうじゃないか」

そう言ってオルレアは私に近づいてきた。表情とは裏腹に、体が小さく震える。下唇を噛んで、その震えを止めようとした。こんな男に弱い女の自分を見せたくなかった。

「オルレア将軍！　敵機がマルダン基地へと接近しています！」

オルレアの部下がそう言いながら部屋へと飛び込んできた。それを聞いたオルレアは、摑んでいた私の手を離して、接近してきた敵機を見ようと小さなバルコニーへと出た。

「敵機だと？　魔導機たった一機ではないか！　あんなの敵の陽動に決まっているだろ。どうして伏兵も全て出撃させたんだ！」

「し、しかし、敵が来れば全軍で一気に叩けとご命令を……」

「それは敵の大軍が現れた時だ！　一機相手にあんな大袈裟な対応をして何を考えているのだ！」

一機、その言葉に私は引っ掛かった。まさか、たった一機で敵の基地に乗り込んでくるような味方は一人しか知らない。私はその味方の顔を思い浮かべた。どうしてだろうか、彼の顔を思い浮かべると心が落ち着く。嫌な気持ちが吹っ切れる。すぐにバルコニーに出て確認したかった。だけど、もし本当にこの基地に近づく魔導機が我が国の国宝であったなら……私の心は何かに捕らえられるような気がした。

大きな心の葛藤の末、ゆっくりと足を前に出す。そして私はバルコニーへと出た。もうどうなっても構わない、ゆっくりと顔を上げて外の光景を見た。

マルダン基地から出撃した大軍が、たった一機の魔導機に殺到していた。遠くだけどわかる。あれは間違いなく『ヴィクトゥルフ』だ。

ポタポタと涙が頬を伝って自分の手の甲に落ちるまで、私は泣いていることに気がつかなかった。どうして泣いてるんだろう……全然悲しくないのに……それどころか胸は変な高鳴りを見せており、笑顔さえ出ていた。

「何を泣いてるんだリンネカルロ。気でも触れたか？」

「オルレア。私、貴方に思い人はいないと言いましたわね。あれは嘘です。今の私には愛する殿方が一人います」

「なんだと！　誰だ、それは！」

「ほら、見えるでしょう。あの魔導機が……あれに乗っているのが私の愛する人ですわ」

「あの魔導機だと！　ハハハハッ！　そうか、リンネカルロ。お前の思い人は残念ながらもうこの世からいなくなりそうだぞ。見てみろあの光景を……あの状況では、『オーディン』に乗ったお前でもどうすることもできないだろ」

「確かに『オーディン』に乗った私でもあの状況を切り抜けることは難しいですわ。だけど、貴方は知らないでしょう。あの魔導機のライダーは『オーディン』に乗った私に勝利した男だということを……」

「う、嘘だろ！　俺を挑発するために嘘を言っているのだな、リンネカルロ！　天下十二傑のお前が負けただと！」

「いいえ真実です。彼は私より強い！　それも遥かに上の力量です！　まさに私が愛するに相応しい人物！　オルレア、貴方とは比べようのないくらいの器の男ですわ！」

「ぐぐぐっ……いいだろう、その話が本当なのか私が自ら試してやる！　おい、すぐに私の『ガデルア』を用意しろ」

「オルレア将軍も出撃するんですか？」

「そうだ！　早く行け！」

「は……はい！」

「リンネカルロ、ここから思い人の最後を見ていろ。無残に引きちぎってきてやる！」

残念だけどそれは無理だと心の奥では思っていた。


流石に一度に相手にするのはキツイと判断した俺は、移動しながら数を減らすことにした。一般の魔導機を凌駕(りょうが)する高い機動力を生かして、囲まれないように移動しながら、近づいた敵機を一機ずつ破壊していく。

しばらくそんな感じで戦っていたのだけど、数が多くていくら素早く動いても逃げ道がだんだんなくなってくる。そんな時、外部出力音で増幅した大きな声で何かを喋りながら近づいてくる魔導機がいた。

「おい、貴様！　そこを動くなよ！　私は魔導機第三軍団の軍団長、オルレア将軍だ！　男としての器をかけて、尋常に勝負しろ！」

いや、なんかイタそうなのが来たな。

「尋常にって、これだけの数で攻撃してきてよく言うよな」

「ふっ……数も力！　これが私とお前との差だ！　もし、土下座してお願いするなら、一騎討ちでの勝負を受けてやってもいいぞ！」

「いや、いいよ、面倒臭そうだし。土下座するのも嫌だから、その他大勢と一緒にかかってくれば？」

「なっ、この私をその他大勢と一緒にするとは……いいだろう。望み通り大勢でなぶり殺しにしてくれるわ！」

そこで俺は気がついたのだけど、その魔導機のライダーとの会話に気を取られている隙に、周りを完全に敵の魔導機に包囲されていた。ちょっとヤバイぞ……いくらなんでもこの数を一気に相手するほどの体力はない。

だけど戦うしか選択肢がないのも事実であった。俺は本気になるためにルーディア集中モードに入る。意識を落ち着かせて、どんどん集中の闇の中に心を沈めていく――奥へ奥へ、いつもより深く――

光……意識のずっと奥に光が見えた。俺はそこに手を伸ばした――そして何かに触れる……その瞬間、美しく透明感のある女性の声が聞こえた。

「ルーディアモードの起動を承認――状況確認のためにスキャン開始――地上全方位に敵意のある魔導機を多数認識、攻撃の回避を提案いたします」

「えっ！　誰？」

「私は『ヴィクトゥルフ』のサポートＡＩ、フェリ・ルーディアです。早急に包囲から離脱することを進言いたします」

「いや、完全に囲まれてるのにどこに逃げるんだよ！」

「上空には敵機が確認できません」

「上空？　ちょっと待て、『ヴィクトゥルフ』は飛べるのか？」

「『ヴィクトゥルフ』の飛行能力はＳＳクラスです。短時間の高速飛行が可能です」

確かにファルマのガルーダも飛べるくらいだからな、伝説の魔導機が飛べてもおかしくないか……。

俺は操作球に上空に舞い上がるイメージを送った――するとグンッと重力を感じ、一気に上空へと舞い上がった。

「うわ～！　本当に飛んだ！」

「敵機の数、およそ千機――範囲、半径二キロ、上空からのヴィクトゥルフ・ノヴァの発動で、敵機全ての撃破が可能です。どういたしますか？」

「全部の撃破⁉　一撃で全部倒せるのか？」

「はい。敵機の中には防御シールドを展開できる機体は確認できません。確実に殲滅できます」

「よし、それじゃあ、ぶっ放そう！」

「了解しました。マスター認証ＯＫ、機体をノヴァモードに変形します」

そう言うと、『ヴィクトゥルフ』の機体がガチャガチャと動き出した。見てると、腕や足がパズルのようにズレて形を変えていく。

最終的に、『ヴィクトゥルフ』は大きな砲門のような形に変形した。

「ヴィクトゥルフ・ノヴァ準備開始——ルーディアコア、アクセス——スペル『インフェルノ』詠唱開始。スペル『アースクエイク』連結詠唱開始。スペル『アクアスフィア』連結詠唱開始。スペル『テスラスパーク』連結詠唱開始——スペル『マジックブースト』同時詠唱開始——範囲選択、位置補正、照準準備完了——ヴィクトゥルフ・ノヴァ、発射準備が完了しました」

どう撃てばいいかわからなかったけど、とりあえず操作球に手を置いて、体全体から何かを発射するイメージを送った。

「四元素砲、ヴィクトゥルフ・ノヴァ発動——」

グォンッ！『ヴィクトゥルフ』が大きく震える——そしてまばゆい光に包まれた。

無数の光の線が地上へ放たれる。まさにそれは光の雨であった——光は地上へ落ちると、大きな爆発を起こし、次々と地上に溢れる魔導機たちをその爆風の渦に飲み込んでいった。

「敵機の殲滅完了。全ての敵魔導機の行動停止を確認しました」

フェリ・ルーディアは無感情にそう報告してくる。見ると、地上には無数の魔導機が破壊されて転がっている。俺は『ヴィクトゥルフ』を飛行させて、ナナミたちが待機している森へと向かった。

ナナミたちと合流すると、全てを見ていた護衛騎士のライダーたちが魔導機のまま駆け寄ってくる。

「奇跡を見せていただきました！あれが噂に聞く『ヴィクトゥルフ』の光の矢なのですね！まさに貴方は英雄ルザークの再来！共に戦えることを誇りに思います！」

「それより敵はほとんど倒れた。今なら基地を制圧するのも簡単だろ。捕まってる味方を助けよう！」

「はい！」

ライダーたちはそう元気よく返事をすると、陣形を組んで基地へ向かう準備を始めた。

「ナナミ、俺は先に基地に行って残りの敵を倒しているから、みんなを頼むよ」

「うん、わかった。油断しないでよ、勇太」

ナナミに皆を任せると、俺は、また飛行して基地へと向かう。やはり飛べるのは便利だ。あっという間に到着する。

マルダン基地には一桁の魔導機が守備に残っていた。しかし、さっきの戦いを見ていたのか完全にビビっていて、『ヴィクトゥルフ』の姿を見ると武器を捨てて逃げ始めた。

俺は他に敵がいないか基地をまわりながら、仲間たちが到着するのを待っていた。そこへ大きな声で俺を呼ぶ声が聞こえる。

「勇太！　勇太ここですわ！　そっちじゃありません、上を見なさい！」

言われた通り上を見ると、塔のような建物のバルコニーから、手を振りながらこちらに声をかけているのはリンネカルロだった。

「あれ、リンネカルロ。どうしてここにいるんだ？」

「その話は後ですわ。『ヴィクトゥルフ』を使って私をここから下ろせますか？　部屋の外には兵士が見張っていますから、こちらから出たいのです」

塔は高く、『ヴィクトゥルフ』が手を伸ばしても届きそうにない。仕方ないのでゆっくり飛行してリンネカルロのいるバルコニー近くまで行った。

「よし、指に摑まれリンネカルロ」

手を伸ばしてそう言うが、高いところが怖いのかリンネカルロは首を横に振る。

「無茶言わないでほしいですわ！　この高さから落ちたらどうするのですか！」

「じゃあどうすればいいんだよ」

「操縦席にもう一人くらい入れるでしょう」

確かに少しくらいのスペースはあるが、飛行しながらハッチを開きたくないぞ……。

「フェリ！　外にいる仲間を操縦席に入れたいけど、飛行しながらハッチを開くのは可能か？」

「……フェリと呼ばれるのはどれくらいぶりでしょうか——はい、可能です。しかし、風などの影響で少しでもバランスを崩すと危険です。建造物の凹凸を利用して、機体を固定してからハッチの開閉をすることをおすすめいたします」

「なるほど、わかった。やってみるよ」

フェリが言うように、塔の突起部分に足をかけて、機体をうまく固定する。そしてハッチを開き、リンネカルロが落ちないように手でサポートしながら操縦席へと誘導した。

操縦席まで来ると、リンネカルロは勢いよく中に入り、俺に抱きついてきた。ムニャリと柔らかいモノが俺の体に押し付けられる。健全な男子な俺は、それが何か理解して顔が熱くなってきた。

「おい、操作球から手が離れるだろ。あまり密着するなよ」

「し、仕方ないですわ。こうしないと、この狭い操縦席に二人は乗れませんでしょう」

「そんなことないだろ？　そっち、ちょっとスペースあるじゃん」

悪い気分ではないのだが、恥ずかしい気持ちが強い俺は強めの口調でそう言う。

「いいえ、無理です。そんなことより早くエミナたちを助けに行きましょう」

「エミナも捕まってるのか？」

「そうですわ、ついでにアーサーも捕まっています」

「そうか、なら早く助けてやらないとな」

ちょっとリンネカルロの密着する柔らかいモノに意識が行って操縦しにくいけど、俺は『ヴィクトゥルフ』を動かして地上に降りた。

丁度、地上に降りた時、ナナミたちが基地へと到着した。ナナミはさっき俺と対峙した、なんとか将軍が乗っていた魔導機をなぜか引きずってやってきた。

「ナナミ、どうしたんだ、ソレ？」

「あっ、みんなが偉い人が乗っている将軍機だから捕虜にしようって言うから持ってきた」

「あっ、それはオルレアの『ガデルア』ですわね」

リンネカルロがその魔導機を知っているようでそう言う。

「えっ？　リンネカルロがどうして勇太と一緒に『ヴィクトゥルフ』に乗ってるの？」

「それは後で説明しますから、とりあえずその中にいる人物を叩き出してください」

ナナミはリンネカルロにそうお願いされ、魔導機のハッチを強引にこじ開ける。将軍機は『ヴィ

クトゥルフ』の攻撃でボロボロになっていたので、ハッチは簡単に外れた。

「ぐっ……何が起こったのだ！　ひ……光の雨が……」

中にいた男は、混乱しているのかそう叫びながら転がるように操縦席から出てきた。

「オルレア！　どうです、自分がどれくらい小さな男かわかったかしら？」

リンネカルロが出てきた男にそう言い放った。

「リ……リンネカルロ！　私はどうなったのだ！　お前の思い人はいったい何者なのだ！」

「貴方は負けたんです。たった一撃の攻撃によって倒されたんですわ。これでよくおわかりになったでしょう」

「私が負けた……私はクルス司令官に認められた男なのに……うっ……」

男は力なくその場に崩れ落ちた。そこに仲間の兵がやってきて男を拘束する。憔悴した男は絶望したのか口をパクパクさせて何かを言っているようだが、それは声として発されることはなかった。

敵の魔導機は逃げたから後は歩兵くらいしかいない。仲間の魔導機たちは基地内に散らばり制圧していく。

捕まえた敵兵に捕まっている味方の居場所を聞いて、俺たちはそこに向かった。

仲間たちが捕まっている場所は倉庫の建物で、建物全体が牢獄になっているようだった。牢獄を守備するのは五十名ほどの兵士で、何があっても死守しろとでも命令されているのか、俺と仲間の魔導機が現れても逃げようとしない。仕方ないのでなるべく死なないように敵兵を駆逐していった。

「リヒリア王女！」

牢獄から助け出された人物を見て、仲間の魔導機たちから歓声があがる。見るとリヒリア王女だけではなく、レイデマルト公爵、バレルマ公爵、テセウス公子の姿も見えた。

「リヒリア姉さん、無事で良かったですわ」

「その声はリンネカルロですか、貴方こそ無事で何よりです」

姉との嬉しい再会のこの状況でも、リンネカルロは『ヴィクトゥルフ』から降りようとしない。もう基地は制圧されて安全が確保されてるのに意味不明だ。

さらに牢獄からはアーサーとエミナも助け出された。

「勇太！　私の『アルテミス』を捜して！」

助け出されたエミナの第一声が愛機である『アルテミス』の心配であった。正確にはエミナの物ではなく、無双鉄騎団から貸し出されてるだけなのだけど……それを言うのはやめておこう。

「私の『オーディン』もこの基地にあるようなのです。勇太、このまま『ヴィクトゥルフ』で捜索しましょう」

「ええっ！　リンネカルロ、まだ降りないのか？」

「『オーディン』が見つかるまでですわ。ほら、早く、捜しますわよ」

そう言いながらリンネカルロは俺の腕にギュッと抱きついてくる。スペースは余裕あるだろうに、どうして密着してくるか意味不明だ。

『オーディン』と『アルテミス』、それにアーサーの『セントール』は思ったよりあっさりと見つかった。まあ、魔導機が格納されている場所なんて限られてるので当然の結果だけど、リンネカルロはなぜかあまり嬉しそうではなかった。

「ハッチを開くぞ、リンネカルロ」

「も、もう少し、このまま基地を探索してもよろしくてよ」

「いや、何を探索するんだよ。みんな助けたし、『オーディン』と『アルテミス』も見つかっただろ。意味不明なこと言ってないで、早く降りろよ」

「――まあ、仕方ないですわね……」

ぶつぶつ言いながらもなんとかリンネカルロは『ヴィクトゥルフ』から降りてくれた。そしてすぐにオーディンに搭乗する。その後、エミナとアーサーもこの格納庫にやってきて、愛機と再会して喜んでいた。


その後、基地にあったライドキャリアを接収して臨時の指令本部にすると、主だった人物が集まって作戦会議を開いた。

「さて、ムスヒムに好き勝手やられましたけど、ここから反撃ですわ」

リンネカルロの言葉に一同が同意する。

「国軍を掌握しているムスヒムには多くの魔導機戦力がある。こちらの戦力は三公爵の私兵軍のみ、今の状況では勝てる見込みはないな……」

レイデマルト公爵がそう言うと、リンネカルロがすぐに反論した。

「いえ、それは十分ですわ。こちらには伝説の魔導機『ヴィクトゥルフ』と勇太がいます。敵にどれくらいの戦力がいても恐れる必要はありません」

「いや、伝説と言ってもたった一機ですぞ。いくらなんでもそれは……」

「『ヴィクトゥルフ』の力は先ほど証明されました。皆さんは牢獄に捕らえられていたのでご覧になっていないかもしれませんけど、千機の敵を一掃した一撃、あの神撃の『ヴィクトゥルフ』の光の矢は健在でしたわ」

「ひ……光の矢……千機を一撃で一掃……大袈裟な伝承だと思っていたが本当だったのか」

「リンネカルロ、それが本当だとしてもこれ以上、国軍を失うのは得策ではありません。力任せの解決ではなく、ムスヒムとその一党だけを排除する方法はないか考えませんか」

リヒリア王女の言うように相手は元々同じ国の戦力で、バタバタ倒してしまったら後々苦労しそうである。

「確かにそうですわね。しかし、あのムスヒムがそんな隙を見せるかしら……」

リンネカルロが何かを考え、少しの沈黙をしている時、兵士が勢いよく入ってきた。

「大変です、敵の捕虜から情報を聞き出したのですが、今、ムスヒム王子率いる大軍が、レイデマルト公爵領へと進軍を開始しているとのことです！」

「くっ、ムスヒムにユーディンの居場所を知られてしまったようね。私たちもすぐに向かいましょう」

ともかくユーディンがムスヒムに倒されては元も子もないので、俺たちは急いでレイデマルト公爵領へと向かうことになった。

七章 決戦

▽

「こちらカロン公爵、無双鉄騎団へ入電。ムスヒム王子の千機以上の魔導機軍が四方よりレイデマルト公爵領内へ侵攻してきた。すでに包囲され退路は断たれている。我々が敵軍を抑えるので、ユーディン王太子を連れて逃げてくれ」

カロン公爵からの通信は絶望的な状況を知らせるものだった。

「ちっ、アリュナ！　勇太とはまだ連絡できないのかよ！」

「ダメだね、うんともすんとも言わない」

「どうする、ユーディン。カロン公爵はお前だけでも逃げろと言ってるけどよ」

ユーディンは何かを考えるように難しい表情をするが、すぐに顔を上げてこう答えた。

「僕のために集結してくれた味方を見捨てるなんてできない！　何の力にもなれないかもしれないけど、一緒にここで戦わせて欲しい」

「ということだ、カロン公爵。ユーディンはここに残りたいそうだ。なので俺たち無双鉄騎団も必然的に参戦することになるな」

「……すまない、せめてユーディン王太子の乗るライドキャリアを軍の中央に移動してもらえるか、その方が士気も上がるだろ」

「わかった、すぐに移動する」

敵軍は魔導機千機を超える戦力、こちらは三百機足らず。普通に考えたら勝ち目はないが……

「ジャン、エミナから通信だよ」

「おっ、そうか。エミナ。どうだ、リンネカルロの知り合いの将軍はこちらについてくれたか⁉」

「残念だけどそれは無理だったわ」

「なんだと、どうするんだよ。こっちは千機以上の敵に囲まれてるんだぞ」

「だけど、リンネカルロの『オーディン』とアーサーの『セントール』は取り戻しました。あと、勇太とナナミと合流して、今そちらに向かっています」

「おっ、勇太たちと合流できたか！　そうか、勇太、ナナミ、リンネカルロ、エミナにアーサー、それだけ戦力があればなんとかなるか……わかった、お前たちが戻るまで持ち堪える」

俺は言霊箱のチャンネルを、事前に用意していたカロン公爵軍、レイデマルト公爵軍、バレルマ公爵軍の共通回線に変えた。そしてこう語りかける。

「カロン公爵軍、レイデマルト公爵軍、バレルマ公爵軍の全ての兵に伝える。ユーディン王太子は自分だけ逃げることを拒否してここに残ることを決断した。味方であるお前らを見捨てることはできないと言ってな。どうだ、自分たちのためにこんなこと言う奴に王様になってもらいたいと思わねえか。あのムスヒムが王になったと考えたりしたらゾッとするだろ。それに俺たちは最終的な勝利を約束されている。もうすぐ、あの天下十二傑のリンネカルロが援軍にやってくる！　それまでユーディンを守り切れれば俺たちの勝ちだ！　どうだ、そんなに難しくねえだろ。時間を稼ぐだけでいい。攻撃より防御に徹して守り抜こうぜ！」

我ながら何を言っているんだと思うが、これで多少は士気が上がるだろ。あとは防御に徹して勇太たちの到着を待つだけだ。

「ジャン、あんた指揮官に向いてるかもね。悪かない演説だったよ」

「口だけは達者なんだよ。これくらいしか俺にはできねえからな」

そう俺が言うとアリュナは微笑んで座っていた椅子から立ち上がった。

「さて、ロルゴ、ファルマ、私たちも仕事をしようかね」

「おで、ユーディン守る……」

「私も頑張る。勇太たちが戻ってくれれば絶対勝てるもんね」

「全員、無理すんなよ。勇太たちが帰ってくるまでの時間稼ぎでいいんだからよ」

「皆さん、すみません。よろしくお願いします」

ユーディンの言葉にアリュナが反応する。

「将来の王さんが傭兵如きに畏ってんじゃないよ。礼は後でちゃんとした形ある物で返しな」

「は、はい！」

アリュナたちが出撃すると、敵軍の姿が目視できるまで近づいてきた。やはりとんでもない数だ。

あれが襲いかかってくるのかと考えると背中に嫌な汗をかく。

勇太、リンネカルロ、早く来いよ。そう長くはもちそうにないからよ……。

▼

通信兵はイライラする私の前で、いくつもの言霊箱をいじりながら作業をしている。大きな声で何度も呼びかけるが、相手からの応答はなかった。

「まだ、オルレア将軍とは連絡が取れないの？」

「はっ、はい！　全ての通信手段を使っているのですが……未確認情報ですが、オルレア将軍の軍はすでに全滅しているとの話もありますし……」

「全滅？　オルレア将軍には千機の大軍を預けているのですよ。何を相手にしたら全滅するのですか」

「はあ……ですから未確認情報と……」

プッシュ――

「ちゃんとした答えを言えない口なんて必要ないでしょう」

煮え切らない言葉に苛立った私は兵の口をナイフで切り裂いた。

「ぐうっあああ！」

兵は口を押さえて床を転げ回った――その姿を見て少しだけ気が晴れる。

「おいおい、クルス。俺のライドキャリアを汚い血で汚すなよ」

「申し訳ありません、ムスヒム王子。この兵が私をイラつかせましたので」

「イラつかせた？　そうか、なら口を切られても仕方ないな。おい、目障りだ、そこで転げ回ってる奴を何処かへ連れていけ！」

話のわかる王子で助かる。だからこそ王になってもらわないと困るのよ。しかし、本当にオルレアは何をしているの。リンネカルロに寝返らないように、この美しい体を与えたのに使えない奴め……。

「それより、クルス。この戦い、負けるなんてことはないだろな。ホロメル公爵の私兵軍や宰相ブロアの兵もかき集めてるのだ。もし、負けるようなことがあれば後はないぞ」

「負ける――それは万に一つもありえません。戦力差は五倍、私兵ばかりのあちらに対して、こちらの戦力の大半は国軍の正規兵、兵の数も質も圧倒しています。まず負ける要素はありません」

「だが、あちらにはあの親衛隊の十二名の精鋭を倒したライダーがいるのだぞ。さらに国宝、『ヴィクトゥルフ』、あれを動かすとは……」

「ふっ、『ヴィクトゥルフ』などただの骨董品、何かの間違いで動いたのでしょう。さらに言いますと、そのライダーが倒したという親衛隊の精鋭十二名、あの程度でしたら私でも同じことはできます」

「確かにトリプルハイランダーのお前ならそれも可能だろう。ならば、そいつが出てきたらお前が出撃して片付けるのか」

「それがお望みでしたらそのようにいたしましょう」

「なら安心だな、リンネカルロの『オーディン』もこちらの手中にある。もう恐れるものはないだろう」

オルレアがヘマをしている可能性があるこの状況では『オーディン』がリンネカルロに奪還されていることも考えられる。リンネカルロか親衛隊を倒したライダー、どちらか一人なら私だけで問題ないけど、二人同時に相手をするには厳しいわね。ここはやはり対リンネカルロで用意していたアイツも出撃させる必要があるか……。

「ムスヒム王子、ラドルカンパニーから秘密裏に購入したあの魔導機を出撃させてもよろしいでしょうか」

「百二十億もしたあの機体か？　万に一つも負けない相手に出す必要があるのか？　あれはいざという時の秘密兵器だとお前が言ったではないか」

「この戦い少しだけ懸念点があります。それを払拭するために、ここは出し惜しみするべきではないと思いました」

「そうか、なら出撃を許可する。敵軍を完膚なきまでに叩きのめせ！」

「はい！」

私は後ろを振り向き、直属の部下にこう命令した。

「私の魔導機『アークエンジェル』の準備をしなさい！　それと魔導機『ギガントマキア』の出撃準備も急ぎ行うように！」

命令を受けた部下は大きく返事をすると、急いでそれを実行するために動いた。私は動きにくい司令官服を脱ぎ捨てライダー用のスーツへと着替える。ライドキャリアのメインルームでいきなり裸になると、部下たちは見て見ぬ振りをして目を逸らすが、やはり私の美しい裸が気になるのかチラチラとバレないように見ている。それでいい、私の存在そのものがご褒美だということを認識するといいのよ。

着替えが終わると、私は格納庫へと向かった。魔導機『ギガントマキア』――あれを見た敵軍がどんな反応をするか楽しみね。

△

「ロルゴ、敵の部隊が来たよ、あれの正面に移動して止めな」

「アリュナ……わかった……」

「ファルマ、動きの止まった敵から狙い撃つんだよ。動いてる敵なんて当たりゃしないんだから」

「うん、了解～」

ロルゴの乗る『ガネーシャ』の防御能力はかなりのものだ。敵のアローなどの遠距離攻撃は弾き返し、剣や槍などの近接攻撃も、まともにダメージを受けているものはなさそうであった。ロルゴが止めた敵は上空からファルマがアローで狙撃していく、命中精度も高く、ファルマのアローは敵機の弱い部分を的確に狙っていて、攻撃力もかなりのものであった。私はロルゴの止めきれなかった敵機を狙い、撃破していく。

ロルゴの壁を越えて四機の魔導機がライドキャリアに向けて突撃してきた。『ベルシーア』を低い体勢にして力を溜めると、突破してきた敵機に狙いを定め一気に加速して接近する。体を捻り、回転しながら敵機の中に突入すると、回転の勢いを利用して剣を振り、一気に四機の魔導機を分解する。

さらに三機の敵機がロルゴを突破して、次は『ベルシーア』に向かってきた。先に邪魔な存在を排除しようということのようだ。

私は双剣の右の剣で正面の敵機の首元を貫き、左の剣を水平に振り、もう一つの敵機の首を飛ばした。首元を貫かれてこちらに倒れてきた機体を蹴り上げて排除すると、後ろにいた最後の一機を、両手の双剣をクロスさせて機体を真っ二つに両断した。

私たちは中央の位置にいるのだが、これだけの敵機が味方の防衛線を突破してくることを考えると、最前線の状況は決して良いものではないだろう。私も前線に出られればいいのだけど、ロルゴとファルマだけではここを守るのは難しいように思う。

「ジャン、前線の味方の状況はどうなっているの？」

「頑張ってるが、やはり敵が多すぎる。どんどん戦況は悪化しているな」

「勇太たちはあとどれくらいかかりそうなの？」

「わからん、移動に集中しているのか連絡が取れなくなった」

どうする……ここをロルゴとファルマに任せて前に出るか……。

私が悩んでいると、十機ほどの魔導機がこちらに近づいてきた。一瞬緊張したが、どうやら敵機ではないようだ。

「無双鉄騎団の方々、カロン公爵の命令で、ライドキャリアの防衛に参りました」

カロン公爵の方もカツカツだろうに、それでも救援の部隊を送ってくれたようだ。

「それは助かるわ。ロルゴ、ファルマ、この人たちとライドキャリアを守ってちょうだい。私は前に出て敵を押し返すわ」

「わかった……ロルゴ……頑張る」

「アリュナ、気をつけてね」

前線が崩壊してはとてもライドキャリアは守りきれないだろう。私はこの場を任せて前線に出ることにした。

前線の状況は私の想像より悪化していた。敵機は味方の数より遥かに多く、少ない味方どうしで支え合いながらなんとか防衛している状況であった。

私はルーディア集中する。全ての敵を私が倒す気持ちで、『ベルシーア』とシンクロする――瞳を光らせ、『ベルシーア』が私の気持ちに応えてくれる。

無駄な動きはするな。敵は一撃で沈めろ。効率良く動き、なるべく早く、なるべく多くの敵を打ち倒せ。自分に暗示をかけるように頭の中でそう呟きながら、『ベルシーア』の操作球に動きのイメージを伝えた。

高速移動しながら踊るように剣を振るう。敵機一体を一秒もかからず、屠(ほふ)りながら移動して、味方の魔導機を救っていく。高速で回転しながら剣を振るう姿を見て、味方からまるで剣の竜巻だと声があがる。

調子良く敵を倒していき、戦況が良くなってきたと思った矢先、『ベルシーア』に強烈な衝撃が走った。私と『ベルシーア』は大きな壁にぶち当たったような感じで、後方に弾き飛ばされる。

「くっ……な、なんだい一体！」

見るとそこには壁があった。いや、違う。壁と思っていたのは魔導機の胴体だ。それも今まで見たことのないほど巨大な魔導機であった。

「ちっ、なんだい、この化け物は！」

巨大な魔導機は両手に大きな棍棒（こんぼう）を持っていて、それを振り回し周りの味方をなぶり殺しにしていく。大きな図体（ずうたい）の割には動きが早い。しかも装甲は厚そうでパワーもかなりのものだ。一体どんなルーディア値の奴が動かしてるんだい……。

味方もその巨大な敵に驚き恐怖で混乱していた。こいつの存在はヤバイ……そう感じた私はすぐにこの化け物の排除に動く。

振り回す棍棒の攻撃を掻い潜りながら、巨大な魔導機の後方に回り込み双剣で足を攻撃する。

カッキーン――

見た目通りの分厚い装甲と防御能力を持っているようで、マガナイト製の双剣が簡単に弾き返される。

「これは厄介だね……」

今まで戦ったことのないタイプの敵に、どう攻めればいいかすぐには思いつかなかった。

△

レイデマルト公爵領への移動の途中、ジャンとエミナが話をしたのだけど、どうやらジャンの方は相当ヤバい状況のようである。これは俺一人でも先に行った方がいいだろうと飛行しようとしたのだが……。

「マスター、ヴィクトゥルフ・ノヴァの発動、連続での飛行により、蓄積されたエーテルが不足しています。さらにルーディアコアの磨耗化によりパフォーマンスの低下が見られます。コアメンテナンスを行ってください」

「えっ！　どういう意味？」

「このままでは長く飛行することはできません。エーテル補充を行ってください」

「エーテルの補充ってどうやるんだ」

「自然摂取でもエーテルは蓄積されますが時間がかかります。できればエーテルポットなどを使用して早急に回復することを推奨します」

「エーテルポットなんてないぞ」

「それでは自然摂取での回復を待ってください」

「それはどれくらいかかるんだ？」

「この辺りのエーテル濃度ですと、約一千三十六万八千秒ほどで全回復します」

秒じゃどれくらいの時間かピンとこないけど、すぐに回復ってわけにいかないのはわかった。

「エーテルがこのままだと、どうなるんだ？」

「『ヴィクトゥルフ』の機能が大幅に制限されます」

「具体的に説明してくれ」

「ヴィクトゥルフ・ノヴァは使用できません。また、今のエーテルの残量ですと、飛行可能時間は三百秒が限界です。さらに防御シールドの展開もできません」

「そうか、こりゃ気軽に飛んで駆けつけるわけにもいかなくなったな……」

「マスター、ルーディアコア磨耗化の状況も深刻です。早急にコアメンテナンスを行ってください」

「コアメンテナンスってなんだ？」

「コア技術者によるルーディアコアの最適化作業です」

コア技術者ってライザに頼めばいいのかな。

「今、メンテナンスができないけど、このまま戦ったらどうなる？」

「パフォーマンスは現状でも大幅に低下しています。さらに最悪の場合ルーディアコアの不具合により機能を停止する恐れもあります」

戦闘中に止まったら最悪だな。でも、『アルレオ』に乗り換えるとしても機体は向こうにあるしな。

「フェリ、現状、メンテナンスもエーテルの補充もできない。それでも『ヴィクトゥルフ』で戦わないとダメなんだ。なんとか君の力で機体停止だけは回避してくれるか」

「――了解しました、最善の方法を提案いたします」

ライドキャリアでの移動ではやはり時間がかかってしまった。俺たちがレイデマルト公爵領へと到着したのは数時間後であった。

「良かった。まだ戦闘中、みたいですわ」

激しい戦闘の様子を見て、リンネカルロがホッとしたようにそう言う。

「ジャン、状況はどうなの？」

「エミナ、遅えぞ！　状況は最悪だよ。なんとかギリギリもってる感じだ。早く救援に来てくれ！」

「すぐに向かいます！　勇太、聞いてたよね。急いで向かいましょう」

「わかった」

ここからなら飛んでいけるかな……そう考えているとリンネカルロがなぜか俺たちを止める。

「ちょっと待って！　あそこに見えるのはムスヒムのライドキャリアですわ！」

「えっ！　どういうことだ？」

「どうやら遅れて到着したことで、ムスヒム本隊の後方に出たようです。ここからなら直接、ムスヒムを狙うことができますわ」

「よし！　ムスヒムを討とう！」

「ちょっと、救援はどうするのよ」

「二手に分かれましょう。私と勇太の二人でムスヒムを討ちに行きますわ。エミナたちは救援に向かってください」

「敵の本隊に二人で大丈夫？」

「天下十二傑と伝説の機体ですわよ。問題ありませんわ」

確かにリンネカルロと二人でならどうにでもなりそうな気がする。

ここで俺たちは二手に分かれた。俺とリンネカルロはムスヒムを討つために敵本隊に強襲をかける。エミナとナナミ、それにアーサーは護衛騎士たちを率いてジャンたちの救援に向かうことになった。

△

勇太がいれば――そう愚痴を言いたくなるような状況に唇を噛む。ほとんどの攻撃は通用せず、攻撃を避けながら味方をその強力な棍棒の攻撃から守るのが精一杯であった。

しばらく移動せずに、『ベルシーア』を追いかけていた巨大魔導機だったけど、不意に動きを止める、そして一方向を見て機体を方向転換した。

こいつ、ライドキャリアに向かう気なの!?

最悪なことに、巨大魔導機はライドキャリアの方へと進み始めた。こいつを近づけてはダメだ。この巨体なら簡単にライドキャリアを破壊してしまう。

私は巨大魔導機の周りを回りながら、巨大魔導機に攻撃を仕掛け続けた。巨大魔導機の足は分厚い装甲の太い物で、見るからに硬そうだ。それだけなら『ベルシーア』の双剣で切り裂けそうだが、なんらかの防御補正が働いているのか装甲を貫通できない。

どうする……コイツ、巨体のためか、下からの攻撃に滅法強く作られてる。

巨大魔導機を止める手立てがなく、気がつけばライドキャリアのすぐ近くまで接近を許してしまっていた。しかし、ここまで来ればライドキャリアを防衛しているロルゴとファルマとの連携攻撃が可能だ。

「ロルゴ、そいつの足を止めな！」

ロルゴはその声に応え、巨大魔導機の前に出る。そして、『ガネーシャ』の両手に装着されている二つの大きな盾を前方に構え、巨大魔導機の足元にぶち当たる。

ギギギッ……何かが軋む音が響いて、巨大魔導機の前進が止められた。

「ファルマ、巨大魔導機の頭部を狙いな！」

頭部にはライダーの目となる機能が詰まっている。そこを破壊したら何もできなくなるだろう。

ファルマは私に言われた通り、アローを引いて巨大魔導機の頭部に向けて狙いを定める。そして溜めた力を解放するように一気にアローを放った。

カーンッと高い音が響いて、巨大魔導機の頭を揺らす。しかし、それだけであった。アローは弾き返され、頭部に損傷すら与えられない。

「ぐっ……アリュナ……おで……もう抑えられない……」

巨大魔導機のパワーは『ガネーシャ』の力を上回っているようで、ジワジワと力負けし始めた。

くっ、何か弱点はないのかい！

「アリュナ……ごめん……」

そう言ってロルゴの『ガネーシャ』が巨大魔導機に勢い良く弾き飛ばされた。

「ロルゴ！」

そのまま巨大魔導機が前に進もうとした瞬間――横から凄い勢いで走ってきた四足歩行の魔導機の突撃を喰らって巨大魔導機の巨体がグラッと揺れる。それはアーサーの『セントール』であった。

「アーサー！」

アーサーの『セントール』の突撃により、巨大魔導機はバランスを崩してフラフラしている。そこへ周りの敵機を破壊しながらナナミの『ヴァジュラ』が駆け寄ってきた。

『ヴァジュラ』は高くジャンプして巨大魔導機の胴体辺りに左手に持った盾を構えた状態で体当りする。フラフラとバランスを崩していた巨大魔導機は、『ヴァジュラ』の体当たりでそのまま地面に倒れた。

「アリュナ！　装甲の隙間を狙うわよ！」

エミナがそう声をあげると、バチバチと音を立ててエミナの『アルテミス』が目の前に姿を現した。『アルテミス』はすでにボウガンの狙いを定めている。

私は『ベルシーア』を走らせ、倒れた巨大魔導機の装甲の隙間を狙って双剣を突き刺した。その瞬間エミナの放ったボウガンが巨大魔導機の頭部にある目玉に突き刺さる。

巨大魔導機はグオォ――と叫び声をあげたように錯覚するほどの勢いで立ち上がろうとする。しかし、目を失ったためかまだフラフラと安定していなかった。私はそれを見て外部出力音で大きく叫んだ。

「今が好機！　無双鉄騎団、一斉攻撃!!」

その声に応えて、全員が同時に動き出した。

ロルゴは立ち上がり、両腕の盾を前に構えて勢い良く巨大魔導機に体当たりした。

アーサーの『セントール』は旋回して勢いをつけると、ランスを突き出して突撃する。

ファルマは肩の装甲の隙間を狙ってアローを打ち出す。見事な狙いで小さな隙間にアローを突き刺した。

ナナミは巨大魔導機の足の突起部分を足場にして駆け上がると、背中の隙間を狙って剣を振るった。

エミナは腕の付け根、関節部分を狙ってボウガンを連射する。

私はロルゴの『ガネーシャ』を踏み台にして高くジャンプした。そして機体を素早く回転させて勢いをつけると、巨大魔導機の首元を斬りつける。

その一撃で巨大魔導機の頭部は吹き飛んだ。そして体中から白い蒸気のような物を噴き出し力なく倒れた。

△

「敵が思ったより多いですわね。勇太、基地で使った光の矢でパッと倒せませんの？」

「ごめん、あれはもう使えないみたいなんだ」

「そう。なら面倒臭いですけど、地道に突破するしかないですわね」

リンネカルロはヴィクトゥルフ・ノヴァが使えないことをそんなに残念には思ってないようだ。それくらい自分の力と、『ヴィクトゥルフ』の力を信じているということかな。

敵が俺たちの存在に気がついたようで、五十機ほどの魔導機がこちらに向かってきた。

「さて、まずはあれを片付けますわよ」

リンネカルロは持っている杖を軽く振るう。するといくつもの雷球が出現して、近づく敵に向かって放たれた。雷球が命中した敵は、バリバリと音を立てて固まり、その場に崩れ落ちる。

俺は『ヴィクトゥルフ』を飛行させて敵の集団の後ろに回り込む。十秒程の飛行なので問題ないだろう。

後ろに回り込むと、一番後方にいた敵機を殴り倒して持っていた大振りの剣を奪う。奪った剣を水平に振り抜き、俺を迎撃しようと近づいてきていた二機の敵を上下に分断して破壊した。

次のターゲットの確認の合間に、ちらりとリンネカルロの方を見る。彼女はすでに十機以上は倒して、さらに範囲攻撃を放とうとしていた。

「テンペスト！」

バチバチバチと稲光が起こり、周囲に雷の光が舞い散る。その雷の嵐に巻き込まれて数十機の魔導機が破壊される。俺も負けていられない。加速して敵機の集団の中に入り込むと、自分を中心に大振りの剣を回転させて振り切り、一気に四機の魔導機を真っ二つに斬り裂いた。

不意に後ろから殺気を感じる。攻撃の気配を察知した俺は後方からの剣の攻撃を体を捻り避けると、攻撃してきた敵機を左肘で弾き飛ばす。そしてとどめを刺そうと剣を振り上げて気がついた。攻撃してきた魔導機は前に戦ったクラスメイトの御影守の機体であった。俺は思わず外部出力音で呼びかけていた。

「み、御影か？」

「そ、その声は勇太くん？」

「お前、まだムスヒムのために戦ってんのか？　ちょっといい加減気がつけよ。アイツは最悪の男だぞ。あんなのを王にしたらこの国は終わりだ」

「しかし、僕は……」

御影が何かを言おうとした時、見知った魔導機がまた現れた。確か王国親衛隊の隊長の機体だったよな。

「守！　何をしている！　早く立ち上がって戦え！」

「ビルケア隊長、僕はもう……」

「弱音を聞いてる暇はない！　クルス司令官の命令だぞ！」

「ひっ……」

クルス司令官という名を聞いて、御影はあからさまに恐怖の反応を示す。なんだ、クルスって奴は？　しかし、その疑問はすぐに解決される。

「勇太！　危ないですわ！」

不意にリンネカルロの声があがる。俺は嫌な殺気を感じて緊急上昇した。

空に上がると、すぐに上空から下を見下ろした。すると俺がいた場所の地面が深く抉れていた。

「ちっ、『ヴィクトゥルフ』を片付ける機会を邪魔しおって……リンネカルロ、余計なことを言いよって！」

そう外部出力音で言ってきた魔導機は、まるで大きな翼を持った天使のような姿をしていた。

「クルス。あなたが出張ってくるなんて、いよいよムスヒムも手札がなくなってるみたいですわね」

「あら、戦況はこちらの方が有利でしょう？　私が出てきたのは自分の手であなたを殺したくなったからよ」

「『アークエンジェル』で『オーディン』に勝てるとでも思ってますの」

「ふんっ、いつまでも自分の方が上だなんて思わないことね。この『アークエンジェル』はあなたの知ってる物とは別物よ！　それに貴方たちに対してはとっておきの秘密兵器があるのよ」

クルスのその言葉を言い終わるのを待っていたように、二機のライドキャリアがこちらに近づいてくる。そしてライドキャリアのハッチがギギギッと音を立てて開いた。

中から現れたのは巨大な魔導機であった。俺の知っている一番大きな魔導機、ロルゴの『ガネーシャ』より遥かに大きなその巨体が、ライドキャリアからゆっくり姿を現した。

「魔導機『ギガントマキア』！　ラドルカンパニーの開発した新規格の魔導機よ！　三つのルーディアコアを持ち。三人のライダーで操縦されるそれは三人分のルーディア値の力を持っている。三機購入したうちの一機はユーディンを殺すために出撃させましたが、この二機はリンネカルロ、それに『ヴィクトゥルフ』のライダー、お前たちだけのために取っておいたのよ」

あまりの巨大さに流石にちょっとびびる。だけど、この『ヴィクトゥルフ』とリンネカルロなら負けはしない。俺はそう確信していた。

巨大な魔導機が二機、それに親衛隊が十機とクルス。俺とリンネカルロが、今、倒さないといけない相手である。

「リンネカルロ、全力で行くぞ！」

「もちろんですわ。久しぶりに本気で戦ってあげますわ！」

俺はすぐにルーディア集中する――意識が深く潜る度に、『ヴィクトゥルフ』の周りに虹色のオーラが色濃く現れる。リンネカルロもルーディア集中し始めたのか、『オーディン』も金色のオーラに包まれ始めた。

「視認できるほどのルーディアオーラ――リンネカルロの『オーディン』だけではなく、『ヴィクトゥルフ』も……くっ……二人とも化け物か！　憎らしい！　親衛隊！　『ギガントマキア』、さっさとコイツらを殺しなさい！」

巨大魔導機の一機がゆっくりと近づき巨大な斧を振り上げた。その斧が振り下ろされる前に、『ヴィクトゥルフ』を飛行させ巨大魔導機の真上まで上昇する。上空で大振りの剣を振り上げると、一気に下降して巨大魔導機に剣を叩きつけた。

ガガガッと、剣は巨大魔導機の首元から腰辺りまで一気に両断して、その巨体を沈黙させた。

リンネカルロの『オーディン』は杖を高く掲げ、動き出した親衛隊の魔導機たちに向けるところ叫んだ。

「雷撃の暴風を受けるがいいわ！　ギガ・テンペスト！」

『オーディン』の少し前の空間が歪んでいく。歪みから猛烈な光が放射されると、周囲に荒れ狂う稲妻が無数に現れて親衛隊の魔導機を飲み込んでいく。バキバキと激しく稲妻が打ち付けられる音が響き、次々に魔導機が崩れ落ちていくのが見えた。

「リンネカルロ！　後ろだ！」

巨大魔導機のもう一機が『オーディン』の後方に回り込んでいた。大技の発動で隙のできたリンネカルロに対して、巨大な棍棒を振り下ろそうとしていたので、俺は大きな声でその危機を伝える。

「テスラシールド展開!!」

杖を真上に向けたリンネカルロはそう叫んだ。すると『オーディン』を包むように青白い半透明のドームが出現する。振り下ろされた棍棒は、その青白いドームに当たり跳ね返される。

弾き返され、バランスを崩した巨大魔導機に空中から接近すると、剣を水平に振って、巨大な頭部を斬り飛ばした。頭を失って倒れていく巨大魔導機、リンネカルロがとどめを刺す。

「ヴァルヴォルト・ライトニング！」

『オーディン』の杖の先から渦巻く雷が放たれて巨大魔導機の胴体に直撃する。巨大魔導機の外装は剝ぎ飛ばされ、バラバラと分解されるようにその巨体は崩れ落ちていった。

「う、嘘でしょう……これが天下十二傑の本当の力だというの!?」

全ての味方を倒され、驚きで声を失うクルスに対してリンネカルロは冷たくこう言い放った。

「クルス、私の力を何も理解してなかったようですわね。巨大なだけの魔導機や、十機程度の親衛隊で私を倒せると本気で思ったの？　しかも私のパートナーはさらに強力な伝説級……残念だけど、私たち二人を相手にするには明らかに戦力不足よ」

「ぐっ、う、うるさい！　この私がお前ごときに！　私は最強の女よ！　見なさい、この光の槍を！　これは武器単体にルーディアコアとオリハルコンを内蔵した超兵器！　こいつの裁きの光で消し炭になるがいいわ！」

「あら、それが貴方の言う今までの『アークエンジェル』と違うところなの？　武器など、使う者次第ですわ。それで力を得たと勘違いするとは底が知れますわよ」

「黙れ！　さぁ、受けるがいい、神々の怒りの一撃を！」

クルスは槍をこちらに向けて、そう叫んだ。槍の先端に何やら光が集まり出した。

「マスター、高出力の熱線攻撃の予兆が見られます。致命傷を受ける可能性は低いですが、ダメージを受ける可能性がありますので回避を提案します」

この『ヴィクトゥルフ』がダメージを受けるって——それってかなり威力が強いってことだよな……俺はそう思い、咄嗟（とっさ）に『オーディン』の前に飛び出していた。

クルスの槍から放たれた光は、『ヴィクトゥルフ』を直撃する。

「勇太！」

心配そうにリンネカルロが大きな声で叫ぶ。しかし、致命傷の可能性は低いとのフェリの進言通り、『ヴィクトゥルフ』に大きなダメージはなかった。

「嘘よ！　この神々の一撃で倒れない魔導機がいるなんて！　なんなのその骨董品は！」

驚くクルスの『アークエンジェル』に近づくと、剣で斬りつけた。クルスはその攻撃を咄嗟に左手で受ける。『アークエンジェル』の左手は剣を受けて切断され飛ばされる。

「くっ……化け物が！　私はこんなところで終わる人間じゃないわ！」

『アークエンジェル』はそう言うと後ろを向いた。

「勇太！　クルスは逃げる気ですわ！　『アークエンジェル』は飛べるのですぐに止めないと！」

それを聞いてすぐに手を伸ばし、『アークエンジェル』の大きな翼の一つを掴んだ。そして力一杯引っ張り翼をもぎ取った。

片方の翼を失った『アークエンジェル』だったが、そのまま上空へと飛び立つ。俺はそれを追いかけようと飛行しようとした。

「マスター、ダメです。先ほどの熱線攻撃によりエーテルが流出しました。すでに飛行するほどのエーテルは残っていません」

「だっ！　マジか！」

片方の翼を失ってバランスが悪いのか、フラフラと飛行しながら『アークエンジェル』は飛んで逃げていった。

クルスには逃げられてしまったが、ムスヒム本隊の戦力は俺とリンネカルロにより一掃された。

残すはムスヒムの乗るライドキャリアだけである。

「ムスヒム、観念しなさい！　王位継承投票の結果を偽り、王太子であるユーディンを亡き者にしようとした暴挙、決して許されるものではありませんわ！」

ムスヒムのライドキャリアの目の前に仁王立ちになり、杖を構えたリンネカルロが外部出力音でそう言い放った。

「戯言を！　王位継承投票の結果は俺が勝ったではないか！　何を証拠に言っているのだ！　貴様らこそ王位継承投票の結果に納得がいかず、暴挙に出たではないか！」

しかし、嘘つきはどこまでいっても嘘つきだな。この期に及んでまだ堂々とそう言い張るその態度は、どんなことがあっても直らないだろう。

「それでは投票結果の詳細を、神々に誓ってここに公開できますか！　言ってごらんなさい！　誰が誰に投票したのですか！　投票者は九名、貴方に投票した人物の名を言いなさい！」

リンネカルロは凄い剣幕でそう捲し立てる。

「くっ……ビルデロとリンディル……あとブロアとホロメル公爵………」

ムスヒムは少し弱い口調でそう言っていく……四名の名前を言ったところで口が止まる。そりゃそうだ。ムスヒムに投票したのはそこで終わりだからな。

「投票者は九名です。最低でもあと一人いるはずですけど、それは誰ですの！」

「うぐぐっ……」

「この戦いはユーディンの暴挙に対する戦いですわね。それではユーディン側についている、カロン公爵、レイデマルト公爵、バレルマ公爵が貴方に投票しているなんてことはあり得ませんわね。もちろん、この私も貴方に投票などしておりません。そうなると、誰が貴方に投票したのですか！」

「うっ……うるさい！　リヒリアだ！　リヒリアが俺に投票したんだよ！」

苦し紛れに名前の出なかった最後の一人の名を叫ぶが——

「ムスヒム、嘘はいけません！　私は貴方に投票した覚えなどありませんよ」

そこにリヒリアやカロン公爵が乗るライドキャリアが近づいてきて、外部出力音でリヒリア王女本人がムスヒムの発言を訂正した。

「ぐうっ……黙れ、黙れ！　そもそも王位継承の投票など無意味なんだ！　俺は第一王子だ！　俺が王になるのが当たり前なんだ！　ユーディンのような貧弱な王などこの国に必要ない！」

「王位投票の結果を偽ったことを認めるのですわね」

「偽るも何も無効だ！　あんなのは無効だったんだ！　オレは……なっ！　なんだ貴様ら！　何をする放せ！　俺は王だぞ！　庶民が気安く触るな！　うぉ…………——」

何があったのかムスヒムの外部出力音が乱れる。そしてしばらくしてムスヒムとは違う人物が話し始めた。

「——リンネカルロ王女、私は国軍のリブラ将軍です。申し訳ありません。我々も騙されていたようです。今、逆賊、ムスヒムは拘束しました。すぐにそちらに引き渡します。また、全軍に停戦の命令を出しました。すぐに戦いは停止されます」

真実を知った兵たちがムスヒムに反旗を翻したようだ。これでようやくこの国のゴタゴタは終了しそうだ。

「おう、勇太、終わったみたいだな」

戦いが終わり、ジャンたちの乗るライドキャリアが大勢の魔導機に守られて近づいてきた。

「ジャン、そっちは大丈夫だったか」

「おうよ、無双鉄騎団の活躍でユーディンを守り切ったぜ」

無双鉄騎団の活躍を念押しする辺りがジャンらしいな。見るとみんな無事そうで安心した。

ムスヒムは捕らえられ、王宮へと連行されることになった。そこでちゃんとした裁判が行われるそうだ。

「クルスはどこ逃げたんだろうな」

「あの女はどこに行っても悪さする性悪女ですわ。ですから逃すつもりはありません。すぐに国中に手配を回して捕まえさせます」

「しかし、それを計算して、すぐに国外に逃亡しそうだな」

「……確かにそうですわね。やっぱりあの時とどめを刺しておくべきでしたわ」

あの時、『ヴィクトゥルフ』のエーテルが漏れてなかったら絶対捕まえられたんだけどな……そう考えるとクルスは悪運が強いっていえるのかな。

☆

勇太くんのいる無双鉄騎団の足取りを追って、私たちはメルタリア王国という国へとやってきた。

しかし、メルタリア王国は内戦中で、正規ルートでは入国することができなかった。

「南先生、国境は封鎖されていますし、入国できません。もう勇太は諦めて、俺たちだけで地球に戻る方法を考えましょう」

原西くんはそう言うが、あの不憫（ふびん）な勇太くんを放っておくわけにはいかない。どうにかメルタリア王国へ入らないと。

諦めず、国境近くの町で情報収集すると、人知れず国境を越えるルートの情報を得ることができた。裏の組織の情報で高くついたが仕方がない。

裏ルートは、山脈を横断するほどの長い洞窟から入国するルートで、一部の人間しか知らない秘密の抜け道であった。洞窟の入り口は大きな滝の中にあり、ライドキャリアが入れるほど広いものであった。

「南先生。あれを見てください」

洞窟の中を移動していると、魔導機が横たわっていた。どうやら動けなくなったようで、その魔導機のライダーらしき人物がその機体の上で手を振っている。

「どうしますか、南先生。ここって犯罪者が使う抜け道なんですよね？　無視した方がいいですかね」

「いえ、情報が欲しいです。助けましょう」

どういう事情かわからないけど、魔導機は大きく破損していた。翼のような部位を持つ機体で、片方の翼はもぎ取られたようになくなっていた。

「助かったわ。魔導機が動かなくなって困っていましたから」

助けたライダーは美しい女性であった。金髪で長い髪、すらりとしたスタイルは欧州辺りのモデルさんを思わせる。

「いえ、それよりメルタリアの国内の状況を教えていただけますか？」

「そろそろ内戦も終わっているでしょうね。どっちが勝ったかはわかりませんけど」

内戦は終わっているとなると、治安もどんどん回復していくだろう。そうなると密入国する私たちは動きにくくなる。

「それより、貴方たちは何者ですか、密輸業者だと思ったのですけど、違うみたいですね」

「私たちは傭兵団です。どうしてもメルタリアに入国したくてこの道を使わせてもらっています」

「そう。傭兵なの……なら話は早い。どう、私に雇われてみない」

身分を聞かれて話を作りやすいと思い、傭兵団を名乗っただけなのだけど、まさかこんな展開になるとは予想していなかった。

「ありがとうございます。ですが、私たちは仲間を捜しているので、今は仕事を受けていません」

「その仲間さんはメルタリアにいるの？　だったら力を貸せると思うけどどうかしら」

その言葉に少し考える。この人はどうやらメルタリア王国のことをよく知っているようだ。確かに勇太くんを捜し出すのに利用できるかも……。

「わかりました。それでは協力関係というのはどうでしょうか？　お互いの目的の手助けをする関係ということでしたらお受けします」

「それでいいわ。私はクルス。貴方の名前も聞かせて頂戴」

「私は南瑠璃子(るりこ)です。瑠璃子と呼んでください」

こうしてメルタリア王国をよく知る人物の協力を得ることができた。勇太くん、待っていて、もう少しであなたを救うことができます。

☆

リンネカルロのお父さん、現メルタリア王が亡くなった。ムスヒムとの戦いが終わってすぐのことであった。

いつも気丈で高飛車なリンネカルロであるが、実の父親の死は彼女を普通の大人しい女の子に変えるには十分の出来事だったようだ。しばらく元気なく落ち込んでいた。

すぐに王の葬式が行われ、それが終わると慌ただしくユーディンの戴冠式が執り行われた。ユーディンが王となり、国内の現状が調べられるとムスヒム一派の悪事がゴロゴロと出てくるわ、出てくるわ。これを理由に、ムスヒム一派の処分が次々と下されていった。

まずはホロメル公爵。彼は領民に対する迫害と国費の私的流用、及びムスヒムの暴挙への加担の罪で、爵位剥奪、財産没収、国外追放の処分となった。一文なしで国を追い出されてあの公爵が生きていけるか疑問である。

第二王子のビルデロと第二王女のリンディルは国民の無慈悲な殺害や国費の私的流用などの罪で王族身分を剥奪され、辺境に幽閉処分となった。

宰相ブロアは自らの命を失うことで罪を償ったということになり、残された家族には爵位の格下げ処分のみという恩赦が言い渡される。

また、オルレア将軍という人物は身分を全て奪われ、三十年の労働刑となった。

そして首謀者ムスヒムは――

「王族といえど、今回の騒動の首謀者で、過去の無数の罪の悪質性を考慮すると、極刑以外に選択肢はない！　よって、ムスヒム第一王子を斬首刑とする」

その判決が出た時、リンネカルロの表情が少し曇ったのを見逃さなかった。やはり、あんな王子でも実の兄である。斬首とはあまりいい気持ちはしないのであろう。

メルタリア王国の騒動が終わり、俺たちのこの国での役目も終わりを迎えた。ジャン曰（いわ）く、内戦と、ムスヒム一派の悪事のせいでこの国の財政はカツカツになっている。だからここにいても儲けにならないから儲かる国へ移動しようということだそうだ。

「申し訳ありません。無双鉄騎団には大変な御恩を受けました。もっとお礼がしたいのですが、今の国の現状では……」

王になったユーディンがすまなそうにそう言う。

「いや、傭兵としての依頼料は貰ったし問題ないよ」

それでもユーディンは何か俺たちにしたいのか二つの褒美を用意していた。

「『ヴィクトゥルフ』を俺に？　いや、あれってこの国の国宝だろ？　流石に貰えないよ」

「確かにその通りです。ですからあげる訳ではなく、預かってもらいたいのです。現状、あの国宝を動かすことができるのは勇太さんだけです。王宮に骨董品として飾っておくのはもったいないですし、こうして繋がりを持つことで国の有事の際に駆けつけてもらう理由になるでしょう」

ユーディンも意外に抜かりのない奴だな、要は『ヴィクトゥルフ』を預けるから、国が危なくなったら助けてくれよってことだな。

「わかった。じゃあ、預かるよ」

「ありがとうございます。それともう一つ――先日、ムスヒムが秘密裏に購入していた最新鋭のライドキャリアがラドルカンパニーから届きました。代金が支払済みで返品もできなく、困っていたのでこちらを引き取ってもらえますか」

「最新鋭のライドキャリア！　そいつはどんなもんだよ！」

ジャンがそう食いつく。

「僕はあまり詳しくないのですが、自動装填式のバリスタを六門備えた戦艦タイプのライドキャリアだそうで、魔導機も最大十五機搭載できる大型艦だそうです」

「おぉぉ――そりゃすげえな！　よし、ありがたく貰ってやる！」

「いや、ジャン、そんな高価な物貰えないって。この国の財政状況考えたら、売ってお金にした方がいいんじゃないかな」

「いえ、中古品は安く買い叩かれますし、このライドキャリアは速度もかなり速いですから、国の有事の際にすぐに駆けつけてもらうための先行投資と考えています」

どうもユーディンは国に何かあった時は助けてくれってのを強調するな。どうもそれが妙に引っかかっていたのだけど、その後のリンネカルロとの会話で全て理解できた。


メルタリア王国を旅立つ前に、リンネカルロにお別れをしたいと彼女を訪ねようとしたのだけど、向こうの方からやってきた。それも満面の笑みで――

「無双鉄騎団の予想以上の活躍に対して、ボーナスを用意しましたわ」

「よくまあ、この金のない時に、ボーナスなんて用意できたな」

「お金がないのは認めます。ですからボーナスは金銭ではございませんわ」

「じゃあなんだよ」

「人材ですわよ。それも最高のライダーですわ」

「……ちなみにその最高のライダーって誰のことだ？」

すごく嫌な予感がしたのでそう聞き返した。

「もう、最高のライダーなんて、そんじょそこらに転がっているわけないでしょう？　私に決まっているじゃないですの」

「ええっ！　リンネカルロが無双鉄騎団に入るってことか⁉」

「そうです、入ってあげますわ。これでもう無双鉄騎団はその名の通り無敵の傭兵団になりますわよ」

「いやいや、今回の騒動でこの国の戦力ってかなり失われてるんだろ？　リンネカルロがいなくなったら困るんじゃないのか」

「失ったのは魔導機だけで人的被害は想像以上に少ないのですわ。魔導機も早急に修理を進め、新規に購入する予定ですからすぐに戦力は回復します。それに、メルタリア王国と無双鉄騎団は防衛契約を結び有事の際には駆けつける予定ですから気にしなくても良いですわ」

「防衛契約ってなんだよ、初耳なんだけど」

「それはそうですわよ。今初めて話しましたもの」

「初めてって……ジャン、黙ってないで何か言えよ」

珍しくジャンがそれを黙って聞いていたので、意見を言うようにそう話を振った。

「いやよ、ちょっと考えてたんだよ。リンネカルロが加入するメリットと、加入したことによるデメリット。クアドラプルハイランダーの市場価値なんて想像できないくらい高額だからな。それを考えたらギリ、いや、少しだけ加入するメリットの方が大きいかもしれん」

「その想像できないくらいの高額な価値のメリットと同等のデメリットが何か知りたいですわ」

「まあ、それは置いといて。防衛契約ってくらいだから定期的な報酬は期待していいんだな」

「ふんっ、もちろんですわ。年間一億、何もしなくても払うとユーディンが約束してくれています」

「ほほう。じゃあ、防衛契約は断る理由はないわ。リンネカルロの加入は、勇太、お前が判断しろ」

「ええっ！　俺が？　う〜ん、そうだな、確かにリンネカルロが加入すると心強いけど……」

やっぱりリンネカルロって、なんか面倒臭そうなんだよな……だけど、やはり強力な仲間が増えるのはいいことだし――

「わかった。リンネカルロ、一緒に無双鉄騎団で頑張ろう」

そう俺が言うと、気丈に振る舞っているけど、どこか少し不安そうにしていたリンネカルロの表情が明るく変わった。

「ふんっ、当然です。悩む理由がわかりませんわ！　あと、オマケでアーサーも私に付いてくるって言ってますけど、それはどっちでも良いですわ」

「アーサーも無双鉄騎団に入るのか？」

「ハイランダーですし、少しは便利ですわよ」

まあ、リンネカルロよりは正直使いやすいんだよな。

「わかった、アーサーも面倒見るよ。ユーディンから貰ったライドキャリアの格納庫は広いから余裕あるし」

こうしてリンネカルロとアーサーが無双鉄騎団に正式加入した。かなりの戦力アップは間違いなく、大きな仕事の依頼も受けることができると思う。

しかし、無双鉄騎団の魔導機が増えることによって、仲間の一人から猛抗議が起こった。

「いい加減にして！　もう限界なんだって！　早急にメカニックを増やしてくれないとメンテナンスも修理もしないからね！」

　メカニックのライザの悲痛な叫びは、流石のジャンにも伝わった。

「わかったって、ライザ。次の目的地は商業都市バラヌカだ。そこでメカニックとライドキャリアの搭乗員の募集をするつもりだから安心しろ」

　ライドキャリアの搭乗員は、戦艦タイプの大型艦になったことでジャン一人では動かすのが不可能になったので募集することになった。

「さ、三人はメカニックが必要だからね！」

「わかったって、三人募集するけど、集まるかどうかはわからんぞ」

「優秀なメカニックだからね！」

「それは自分で面接して見極めろよ。俺には優秀なメカニックを見分ける能力はないぞ」

　今までよほど辛かったのか、ライザはどこか嬉しそうだ。俺もライザが可哀想だと思ってたので、メカニックが増えるのは好ましく思う。


　リンネカルロやアーサーの加入で賑やかになってきた無双鉄騎団。メルタリア王国を去る時、どうせならもう少し人が増えてもいいだろうと、クラスメイトの御影守も無双鉄騎団に誘ってみたのだが、その返事は――ちょっと勇太くんたちのレベルについていく自信がない、とはっきり断られた。俺とリンネカルロとの戦いがトラウマになってるのかな……。

姉のリンネカルロも仲間になったためか、メルタリア王国を去る時、ユーディンは盛大に送り出してくれた。財政難の折に無駄なお金使うなよと思ったが、まあ、送り出したいというその気持ちは嬉しかった。


「ライザ、どうだ、『ヴィクトゥルフ』のコアメンテナンスってできそうか？」

商業都市バラヌカまでの道中、移動の時間を使って、コアの劣化で不具合が生じている『ヴィクトゥルフ』をライザに見てもらっていた。

「さすがの私でもコアの不具合には対処できないよ。そもそもコアをいじること自体、今の技術者には無理だから」

「そうか……フェリ、ごめん、直せそうにないや」

俺がそう言うと、『ヴィクトゥルフ』に搭載されているAＩフェリ・ルーディアが答えてくれる。

「コア技術者不在でコアの修復不能な状況、理解しました。それでは、これ以上の磨耗を防止するために、コア技術者の帰還まで『ヴィクトゥルフ』を休眠モードへと移行させます」

その声を聞いたライザが驚いて『ヴィクトゥルフ』の中から飛び出してくる。

「なっ、なに、今の!?」

「えっ、何って、『ヴィクトゥルフ』のサポートAＩのフェリだけど」

「AＩって何？　フェリって誰？　どうして魔導機が喋るのよ」

AＩと聞いて現代の地球人ならパッとイメージできるが、どうやらこちらでは馴染みのない言葉らしい。

「え～と、どう説明したらいいかな、人工的に作られた人間というか……」

そう言うとライザは納得したようだ。

「なるほど、ホムンクルスみたいなものか」

ホムンクルスが何かわからないけど、深くは聞かなかった。

「えっと、フェリ、あなたはコアの知識はないの？　教えてくれれば私が直してあげられるかもしれないけど」

「残念ですが知識だけではコアのメンテナンスを行うことは不可能です」

「あら、そうなの……それじゃどうしようか。『ヴィクトゥルフ』が休眠したらあなたはどうなるの？」

「私は『ヴィクトゥルフ』のルーディアコアとは直接的な繋がりはありませんので、単独での活動が可能です」

「ということはあなたを別の魔導機に移動することは可能？」

「はい、別の魔導機でのサポートは可能です」

「どうする、勇太。『ヴィクトゥルフ』は使えなくなるみたいだし、面白そうだからフェリを『アルレオ』に移動してみる？」

「そんなことできるのか!?　フェリは何かと便利だから、それが可能ならそうしてくれるか」

「よし、フェリ、あなたの本体の場所と、移動方法を教えてくれる？」

「わかりました。説明いたします」

それからフェリとライザはブツブツと何かを言い合いながら作業を進めた。

「できたよ、勇太。ほら、試しに『アルレオ』に乗ってみて」

ライザに言われるままに、俺は『アルレオ』に搭乗した。

「フェリ、聞こえるか？」

「はい、マスター。聞こえております」

「どうだ？　『アルレオ』は、『ヴィクトゥルフ』と比べて」

「はい。残念ですが、『ヴィクトゥルフ』と比べると性能は八割ほど劣ります。しかし、コアに制御リミッターが付けられているみたいですので、これを解除すれば少しは性能の向上が期待できます」

「制御リミッター、そんなの付いていたんだ。フェリはそれを解除できるか？」

「はい、可能です」

「それじゃ、解除してくれ」

「了解しました。ルーディアコアにアクセス、制御リミッターをオフにします」

ブオンと鈍く唸る音が鳴り響く。

「制御リミッター解除しました。解除前より、五十％ほどの性能向上がみられます」

「一・五倍も強くなったのか、凄いな」

「それでも『ヴィクトゥルフ』の三十％ほどの性能になりますが……」

「まあ、あれは伝説の機体らしいからな、別モンだろ」

そんなフェリとの会話中、艦内通信でどこかと話をしていたライザが通信を切ってこう大声で伝える。

「ちょっと、勇太。ジャンが二人ともブリッジに来いって言ってるよ」

「わかった。直ぐに降りる」

俺だけじゃなくライザも一緒に来いとは珍しい。一体どんな用件だろ？　用件の内容を想像しながら、俺は『アルレオ』から降りていく。

下に降りると、ブリッジに向かう前に、強化されたアルレオと休眠したヴィクトゥルフを交互に見上げた。一・五倍に強化されたアルレオ……果たしてどれほど強くなったのか、柄にもなくちょっとワクワクしていた。

（続く）

クラス最安値で売られた俺は、
実は最強パラメーター
I was sold
at the lowest price
in my class,
however
my personal parameter is
the most powerful

電撃の新文芸

クラス最安値で売られた俺は、実は最強パラメーター2

著者／RYOMA
イラスト／黒井ススム

2021年5月17日　初版発行

発行者／青柳昌行
発行／株式会社ＫＡＤＯＫＡＷＡ
〒102-8177　東京都千代田区富士見2-13-3
0570-002-301（ナビダイヤル）
印刷／図書印刷株式会社
製本／図書印刷株式会社

【初出】……
小説投稿サイト『カクヨム』（https://kakuyomu.jp/）に掲載されたものを、加筆・修正しています。

ISBN978-4-04-913825-2　C0093　Printed in Japan

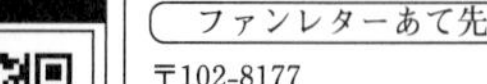

〒102-8177
東京都千代田区富士見2-13-3
電撃の新文芸編集部

「RYOMA先生」係
「黒井ススム先生」係

エッチな召喚士の変態的召喚論

著／RYOMA
イラスト／坂井久太
色彩設計／坂本いづみ

電撃《新文芸》
スタートアップコンテスト《優秀賞》
ドタバタ系痛快クエストファンタジー！

「俺はエッチな目で、モンスターを見てるんだ！」

　人はなぜモンスターを召喚するのか、俺は声高らかにこう言い切る。それはエッチなことをする為だ！

　なので俺は召喚士になった。そして女性型モンスターを召喚するのだ。だけど、なんだこの召喚システムは……思い通りに召喚できんではないか……。

　この物語は、変態召喚士が、可愛いモンスターを召喚する為に奮闘する冒険活劇である。

Unnamed Memory I

青き月の魔女と呪われし王

著／古宮九時

イラスト／chibi

読者を熱狂させ続ける
伝説的webノベル、
ついに待望の書籍化!

「俺の望みはお前を妻にして、子を産んでもらうことだ」
「受け付けられません！」
　永い時を生き、絶大な力で災厄を呼ぶ異端――魔女。強国ファルサスの王太子・オスカーは、幼い頃に受けた『子孫を残せない呪い』を解呪するため、世界最強と名高い魔女・ティナーシャのもとを訪れる。“魔女の塔”の試練を乗り越えて契約者となったオスカーだが、彼が望んだのはティナーシャを妻として迎えることで……。

電撃の新文芸

異修羅Ⅰ
新魔王戦争

全員が最強、全員が英雄、
一人だけが勇者。“本物”を決める
激闘が今、幕を開ける——。

魔王が殺された後の世界。そこには魔王さえも殺しうる修羅達が残った。一目で相手の殺し方を見出す異世界の剣豪、音すら置き去りにする神速の槍兵、伝説の武器を三本の腕で同時に扱う鳥竜の冒険者、一言で全てを実現する全能の詞術士、不可知でありながら即死を司る天使の暗殺者……。ありとあらゆる種族、能力の頂点を極めた修羅達はさらなる強敵を、“本物の勇者”という栄光を求め、新たな闘争の火種を生みだす。

著／珪素
イラスト／クレタ

電撃の新文芸

超世界転生エグゾドライブ01

―激闘！　異世界全日本大会編―〈上〉

**一番優れた異世界転生ストーリーを決める！
世界救済バトルアクション開幕！**

異世界の実在が証明された20XX年。科学技術の急激な発展により、異世界救済は娯楽と化した。そのゲームの名は《エグゾドライブ》。チート能力を４つ選択し、相手の裏をかく戦略を組み立て、どちらがより迅速により鮮烈に異世界を救えるかを競い合う！　常人の9999倍のスピードで成長するも、神様に気に入られるようにするも、世界の政治を操るも何でもあり。これが異世界転生の進化系！　世界救済バトルアクション開幕！

著／珪素
イラスト／輝竜 司
キャラクターデザイン／zunta

電撃の新文芸